W0328868

PHILIPPE BESSON

Philippe Besson est écrivain, scénariste et dramaturge. *En l'absence des hommes*, son premier roman, publié en 2001, est couronné par le Prix Emmanuel-Roblès. Depuis lors, il construit une œuvre au style à la fois sobre et raffiné. Il est l'auteur, entre autres, de *Son frère*, adapté au cinéma par Patrice Chéreau, de *L'Arrière-Saison* (Grand Prix RTL-*LiRE*) et de *La Maison atlantique*. En 2017, il publie *« Arrête avec tes mensonges »*, couronné par le Prix Maison de la Presse et porté à l'écran par Olivier Peyon en 2023. Après le succès du *Dernier Enfant*, *Paris-Briançon* a paru en 2022 chez Julliard. Ses romans sont traduits dans vingt langues.

PARIS-BRIANÇON

ÉGALEMENT CHEZ POCKET

SON FRÈRE
EN L'ABSENCE DES HOMMES
L'ARRIÈRE-SAISON
UN GARÇON D'ITALIE
LES JOURS FRAGILES
UN INSTANT D'ABANDON
SE RÉSOUDRE AUX ADIEUX
UN HOMME ACCIDENTEL
LA TRAHISON DE THOMAS SPENCER
RETOUR PARMI LES HOMMES
UNE BONNE RAISON DE SE TUER
DE LÀ, ON VOIT LA MER
LA MAISON ATLANTIQUE
VIVRE VITE
LES PASSANTS DE LISBONNE
« ARRÊTE AVEC TES MENSONGES »
UN CERTAIN PAUL DARRIGRAND
DÎNER À MONTRÉAL
LE DERNIER ENFANT
PARIS-BRIANÇON

PHILIPPE BESSON

PARIS-BRIANÇON

julliard

ISBN : 978-2-266-33031-2
Dépôt légal : janvier 2023

« La nuit je mens
Je prends des trains à travers la plaine »
Alain Bashung, « La nuit je mens »

Prologue

C'est un vendredi soir, au début du mois d'avril, quand les jours rallongent et que la douceur paraît devoir enfin s'imposer. Le long du boulevard, aux abords de la Seine, les arbres ont refleuri et les promeneurs sont revenus. Autour d'eux, des flocons virevoltent, tombés des peupliers ; on dirait de la neige au printemps.

C'est une gare, coincée entre un métro aérien et des immeubles futuristes, à la façade imposante, venue des siècles, encadrée de statues, où les vitres monumentales l'emportent sur la pierre et reflètent le bleu pâlissant du ciel. Des fumeurs et des vendeurs à la sauvette s'abritent sous une marquise à la peinture écaillée.

C'est la salle des pas perdus, où des inconnus se croisent, où une Croissanterie propose des sandwichs et des boissons à emporter, ne manquez pas la formule à 8 euros 90, tandis qu'un clochard file un coup de pied dans un distributeur de sodas et de friandises.

C'est un quai, noirci par la pollution et les années, où un échafaudage a été installé parce qu'il faut bien sauver ce qui peut l'être, et où des voyageurs pressent le pas, sans prêter attention à la verrière métallique qui filtre les derniers rayons du soleil.

C'est un jour de départ en vacances, les enfants sont libérés de l'école pour deux semaines, ils s'en vont rejoindre des grands-parents, loin, une jeune femme est encombrée par un sac trop lourd qu'elle a accroché à la saignée du coude, un homme traîne une valise récalcitrante, un autre scrute fébrilement le numéro des voitures, un autre encore fume une dernière cigarette avec une sorte de lassitude, ou de tristesse, allez savoir, un couple de personnes âgées avance lentement, des contrôleurs discutent entre eux, indifférents à l'agitation.

Bientôt, le train s'élancera, pour un voyage de plus de onze heures. Il va traverser la nuit française.

Pour le moment, les passagers montent à bord, joyeux, épuisés, préoccupés ou rien de tout cela. Parmi eux, certains seront morts au lever du jour.

1.

Le départ de l'Intercités de nuit n° 5789 est prévu à 20 h 52. Il dessert les gares de Valence, Crest, Die, Luc-en-Diois, Veynes, Gap, Chorges, Embrun, Mont-Dauphin-Guillestre, L'Argentière-les-Écrins et Briançon, son terminus, qu'il atteindra à 8 h 18.

En période normale, il compte cinq voitures mais leur nombre monte à dix pendant les vacances d'hiver, lorsque les familles et les jeunes gens rejoignent les stations de ski.

Les voitures-couchettes comportent chacune dix compartiments de six couchettes, en deuxième classe, soit soixante places en tout, soixante lits étroits où s'étendre, où chercher le sommeil, où le trouver parfois. Elles sont décorées dans des tons bleus mais les déplacements brusques et incessants des bagages ont zébré le revêtement de traces noires et d'éraflures. Il existe des compartiments pour « dames seules » ; terminologie qu'on croirait empruntée à un autre siècle. Cela étant, cet espace dédié aux femmes évite la déconvenue de devoir se retrouver en tête à tête avec un inconnu mal intentionné. Sur chaque couchette, avant que l'accès aux trains ne soit autorisé, un agent de nettoyage a disposé une couette, un oreiller et une petite bouteille d'eau, ainsi qu'une boîte de confort, sous Cellophane, contenant une lingette, des bouchons d'oreille et des mouchoirs. Deux systèmes de fermeture des portes assurent la tranquillité des usagers : un verrou et un mécanisme d'entrebâillement.

Dans les voitures-services, trois compartiments ont été remplacés par un garage à vélos – signe que l'époque a changé –, un espace réservé au personnel de bord et un coin détente, où des conversations se tiennent jusqu'à pas d'heure, entre insomniaques, sur tout et n'importe quoi, l'essentiel étant de passer le temps.

Enfin, les voitures-sièges proposent des fauteuils inclinables à quarante-cinq degrés afin de faciliter le repos des voyageurs. Pour des raisons de sécurité, de faibles veilleuses restent allumées en permanence. Quand la nuit est noire, on jurerait des balises.

L'Intercités peut accueillir jusqu'à deux cent soixante-quinze passagers mais ce soir, ils sont à peinc la moitié à avoir acheté un billet. Le train de nuit ne séduit plus guère.

Pourtant, il a connu son heure de gloire. Qui ne se souvient de l'Orient-Express, du Train Bleu, de la Flèche d'or ? Rien que les noms nous transportaient. Même sans les avoir jamais empruntées, on imaginait sans peine des berlines profilées trouant l'obscurité, traversant la vieille Europe, et on avait vu dans les magazines les photos des cabines en bois d'acajou, des banquettes rouge bordel, des serveurs en habit, on pouvait rêver de se réveiller sur la Riviera ou à Venise.

La réalité était plus prosaïque ; comme souvent. À côté de ces vaisseaux de luxe, les convois modestes, les omnibus, les tortillards étaient la règle mais qu'importe, on pouvait aussi trouver du plaisir à tanguer sur des rails au beau milieu de la nuit comme on flotte sur une mer sombre, à passer d'un wagon à l'autre en ouvrant des soufflets pour enjamber un attelage mouvant, à slalomer entre des garçons jouant aux cartes assis par terre et des militaires rentrant de garnison encombrés de leur barda, à respirer des effluves de tabac et de sueur, on s'étonnait de faire des haltes dans des gares improbables, plantées au milieu de nulle part, et même les crissements qui sciaient les oreilles participaient au charme.

Et puis le train à grande vitesse est arrivé, c'était au commencement des années 80, il a comblé notre obsession du temps et de la célérité, notre besoin maladif de réduire les distances, il a soudain rendu obsolètes ces transports nocturnes, trop longs, trop lents, il a démodé ces Corail malgré la livrée carmillon ou le bandeau bleu qui tentaient de cacher la misère. Alors, l'argent s'est tari, le renoncement a gagné, les lignes ont presque toutes été supprimées. Pour celles qui ont miraculeusement échappé au grand ménage, les rames ont vieilli, les locomotives diesel se sont épuisées, les perpétuels colmatages sur les voies ou l'abandon des wagons-bars ont découragé même les plus motivés. Tant et si bien qu'on se demande si les cent et quelques qui prennent place à bord ce soir sont de doux rêveurs, d'incurables nostalgiques, ou tout simplement des gens qui n'ont pas eu le choix.

2.

Alexis Belcour a quarante ans, pile. Pour l'instant, il ne sait pas très bien quoi penser de ce nouvel âge. Certes, il a compris que les possibles se sont raréfiés mais ça ne date pas d'aujourd'hui, que le corps n'a plus la même énergie mais c'est le cas depuis un bail, il a conscience d'avoir modifié ses pratiques vestimentaires mais avec son métier, ce n'est pas nouveau, il ne serait pas capable de nommer les musiques que les types de vingt ans écoutent mais l'a-t-il jamais été, bref, il ne perçoit pas de réel changement. Bien qu'on lui ait seriné qu'il s'agissait d'une bascule, quarante ans, d'un adieu à la jeunesse, ce qu'il est disposé à admettre, pour l'instant, il ne voit pas vraiment de différence avec avant. Peut-être a-t-il été vieux très vite dans son existence et cette borne, en conséquence, ne peut pas avoir, pour lui, beaucoup de signification. Pourtant, et c'est un de ses nombreux paradoxes, son apparence dément ce vieillissement prématuré, son allure a quelque chose de juvénile, de gracieux, de délicat, généralement on lui donne moins que son âge, sensiblement moins. Il s'en débrouille. D'autant que ça lui vaut de plaire un peu plus qu'il ne le mériterait, parfois.

Alexis est médecin généraliste. Il a son cabinet rue d'Alésia, dans le 14e arrondissement, non loin de la place Victor-et-Hélène-Basch. D'ailleurs, le midi, il n'est pas rare qu'il aille déjeuner au Zeyer, la brasserie qui en occupe un angle, un des rares endroits de Paris qui sert encore des œufs mayonnaise. Il a une patientèle diverse, à l'image de ce quartier qui ressemble à un village, comme le prétendent ceux qui y vivent : des trentenaires avec enfants et des retraités, des bobos et des gens modestes, des enracinés et des qui ne font que passer. Il soigne des grippes, des bronchites, des foulures, il vaccine, et, quand il lui faut annoncer une mauvaise nouvelle, ce sont en général les hôpitaux qui récupèrent ensuite ceux qui nécessiteront des traitements lourds. Cette vie de médecin de quartier lui convient. Son père cependant rêvait de mieux pour lui, il l'avait encouragé à poursuivre ses études, à choisir une spécialité, il l'aurait volontiers imaginé chirurgien mais Alexis ne voulait pas des rêves que des tiers nourrissaient pour lui, et ceux de son père en particulier.

C'est du reste l'infatigable ambition de ce dernier qui les avait conduits à quitter Briançon. Ayant décroché un très beau job à la Défense, et le salaire qui allait avec, il avait annoncé que c'était terminé, les Alpes, les sommets enneigés, la maison de pierre. Et la famille s'était retrouvée à Neuilly. Le garçon n'avait que sept ans. Pendant longtemps, le soir venu, en cherchant le sommeil, il allait avoir le regret des sommets enneigés, de la maison de pierre et, un jour, ça lui était passé. Briançon ne serait plus qu'un souvenir flou. C'est pourtant là qu'il revient aujourd'hui. Voilà pourquoi il se trouve à Austerlitz.

Il est en avance. Il est toujours très en avance. Et considère toujours avec un peu de stupéfaction, et peut-être d'admiration, ces voyageurs qui déboulent au dernier moment, hébétés, transpirants, qui interrompent une seconde leur course pour aviser le tableau d'affichage, découvrir le numéro de leur quai, avant de la reprendre, de se faufiler entre les silhouettes, pareils à des danseurs brusques, de foncer, lancer une dernière accélération, et grimper dans la voiture de queue juste avant que la portière ne se referme, la plupart du temps ils sont jeunes, avec un sac en bandoulière, dans lequel ils ont jeté des vêtements à la hâte, leur précipitation n'est pas la conséquence d'un rendez-vous qui se serait éternisé, d'un emploi du temps si serré qu'il expliquerait leur arrivée tardive à la gare, non, ils sont comme ça, en permanence sur la brèche, sur un fil, ne sachant pas faire autrement, et cependant ils ont la chance de grimper dans le train juste avant qu'il ne démarre, ils ont cette grâce. Lui, il cherche une table libre dans le café où il va devoir patienter. Il a trente bonnes minutes devant lui.

Il doit se résoudre à s'installer dans une Brioche Dorée avec ses tables en Formica imitation bois. Il songe que les cafés de gare n'en sont plus vraiment, ces cafés de jadis avec leurs clients agglutinés, les habitués et les profanes, ceux qui vont bosser et ceux qui partent loin, longtemps, ceux qui voyagent léger et ceux qui sont encombrés, avec leur désordre, leur comptoir où on n'a pas eu le temps de débarrasser les pintes maculées d'un reliquat de mousse ni les tasses vides, parce qu'il y a trop de monde, leurs journaux froissés qui traînent, leurs ramequins de cacahuètes où des inconnus ont plongé la main, leurs jambon-beurre qui suintent derrière une vitrine constellée de traces de doigts, et puis leurs exclamations, leurs silences aussi, leurs solitudes. Ne demeurent que les pressés, les furtifs parce que le train de banlieue n'attendra pas, et que le suivant passera trop tard pour rentrer chez soi avant la nuit.

Alexis aurait pu prendre un TGV, le trajet eût été plus court mais il a eu envie d'essayer le train de nuit, ça lui a paru romantique ou romanesque, et il lui arrive d'être romantique ou romanesque malgré le sérieux de sa profession, d'ailleurs ça lui joue des tours, on croit que les médecins sont des gens solides alors qu'il n'est que fragilité, on les présume dotés d'une certaine placidité pour affronter les catastrophes quand lui doit s'employer à dominer une sensibilité excessive. Ou bien il aura voulu retarder le moment, le moment de renouer avec Briançon, avec le territoire de son enfance ; il faut dire que ce qu'il doit y accomplir n'est pas tellement joyeux.

3.

Victor Mayer a vingt-huit ans. Il a passé la journée à Paris pour des examens médicaux, c'est son ménisque qui lui joue des tours et la clinique du sport du boulevard Saint-Marcel dispose des meilleurs spécialistes et des équipements les plus performants. Il a subi des examens, répondu à des questions, été soumis à des tests d'effort mais, pour l'instant, aucun diagnostic définitif n'a été posé. Ont juste été évoquées des infiltrations pour soulager sa douleur lancinante. Il est vrai qu'on court le risque de se blesser, ou de s'endommager quand on pratique le sport comme il le fait, à un assez bon niveau. Il est défenseur dans l'équipe de hockey sur glace de la ville. Mais la vérité, c'est qu'il ne s'est pas blessé, non, c'est l'usure qui gagne, il a trop tiré sur la corde, son corps s'est épuisé, pas disloqué, simplement émoussé, corrodé, abîmé, il n'en recouvrera sans doute pas le plein usage, il devra se faire une raison. Vingt-huit ans, ce n'est plus tout jeune quand on pousse inlassablement des palets depuis l'âge de sept ans, quand on glisse et qu'on tombe sur la glace d'une patinoire, quand on reçoit des coups de l'adversaire. Malgré les protections, les casques, les gants, les épaulières, la coquille, les jambières, la glace reste dure, infrangible, l'effort considérable, les contacts rugueux et, à la fin, on paie la fatigue, l'immense fatigue.

C'est d'autant plus rageant que le hockey ne nourrit pas son homme. Quand il ne s'entraîne pas ou ne dispute pas de match, Victor est obligé de travailler. L'hiver, il est moniteur de ski, le reste du temps guide de randonnée. Pas très bon pour son ménisque ça non plus, mais quand on est né à la montagne, qu'on a grimpé sur des skis dès la plus tendre enfance, qu'on connaît les sentiers par cœur, qu'on n'a pas envie d'aller voir ailleurs et qu'on n'est pas très bon à l'école, est-ce que ça n'est pas naturel ? Quand il y pense, il se dit qu'il n'a pas eu beaucoup à réfléchir. Surtout que son grand frère avant lui avait ouvert le chemin. Seul Tristan, leur aîné, a opté pour une autre voie : la carrière militaire. Mais en l'espèce, il s'agissait d'imiter leur père, affecté pendant près de vingt-cinq ans au 159e régiment d'infanterie alpine. C'est, du reste, par la grâce de cette affectation que ce dernier a rencontré celle qui allait devenir sa femme, et plus tard la mère de leurs trois garçons : Francine était serveuse dans un restaurant d'altitude, elle lui avait tapé dans l'œil.

En cet instant, Victor ne pense pas à la généalogie ni aux professions qui s'imposent, ou aux destins qui se forgent malgré soi. Il pense à ce ménisque qui persiste à le lancer tandis qu'il remonte le quai en direction de son wagon, serrant dans la main son billet froissé où figurent le numéro de son compartiment et celui de sa couchette, le consultant de nouveau car il a déjà oublié la combinaison magique. Il pense aussi à ce contretemps qui l'a empêché de prendre le TGV sur lequel il avait dûment réservé. À la clinique du sport, on l'a libéré plus tard que prévu, ensuite il y a eu cette panne de métro, tu parles d'une malchance, et, quand il s'est pointé gare de Lyon, il n'a pu que constater que son train, le dernier de la journée, s'en allait sans lui. Comme il ne voulait pas dormir sur place et encore moins payer une chambre d'hôtel, il s'est rabattu sur le train de nuit au départ d'Austerlitz. De toute façon, il n'avait guère le choix : il est attendu à 9 heures pétantes pour la reprise de l'entraînement, il a beau être remplaçant pour le match de samedi, son coach n'aurait pas compris qu'il sèche.

Son sac accroché à l'épaule et le regard obstrué par une mèche blonde rebelle dépassant de son bonnet, il bouscule un type monté à bord juste devant lui, avant de se rendre compte qu'ils partagent la même cabine. Sans doute, parce qu'ils s'apprêtent à passer presque douze heures ensemble, l'autre croit bon de se présenter et de lui tendre une main. Victor a entendu « Alexis Belcour », mais il n'en est pas certain. En retour, il mentionne juste son prénom. Dans un mélange d'agacement et de timidité.

En revanche, il ne mentionne pas que jamais il n'aurait dû se trouver dans ce train.

4.

Julia Prévost a trente-quatre ans. Elle est assistante dans une société de production qui réalise des talk-shows en direct pour la télévision. Elle est notamment chargée de trouver des intervenants. Des hommes politiques, des économistes, des médecins, des comédiens, des écrivains, des chanteurs, des influenceurs qui ont un avis sur l'actualité et des choses à vendre. Elle est entrée dans cet univers un peu par hasard, à la faveur d'un stage alors qu'elle préparait sans conviction une licence de communication. La boîte lui a proposé de rester, elle a accepté. Souvent, la vie se décide sur presque rien, une rencontre, une opportunité, une paresse.

Elle passe ses journées au téléphone à convaincre des gens récalcitrants, à calmer les ardeurs d'attachés de presse insistants, à monter des plateaux, à organiser des venues, puis à accueillir les heureux élus, à leur montrer le chemin de leur loge, celui du maquillage, à leur faire la conversation dans le but de dissiper leur trac ou leur impatience. Tout le monde se félicite de sa rigueur, de sa prévenance, de sa bienveillance.

Aujourd'hui, elle porte un jean slim, des talons hauts, un chemisier blanc, une veste en faux daim et elle accompagne ses deux enfants, Chloé, huit ans, et Gabriel, six ans, chez leurs grands-parents, lesquels possèdent un chalet à Serre Chevalier. Les revoir, eux qu'ils n'ont pas vus depuis Noël, leur fera du bien, d'autant que de parents affectueux et attentionnés, ils sont devenus carrément gâteux avec leurs petits-enfants. Les grands espaces et le bon air ne leur feront pas de mal non plus. Ils se sentent un peu à l'étroit dans les soixante mètres carrés de l'appartement de Boulogne et pendant huit jours, au moins, ils disposeront d'une chambre chacun, rien que pour eux.

Car Julia, depuis deux ans, doit apprendre à vivre avec une pension alimentaire et un salaire certes raisonnable, mais loin d'être mirobolant. Il y a des passions qui s'éteignent vite, des promesses qui ne sont pas tenues, des masques qui tombent, des mariages qui tournent au vinaigre, des séparations conflictuelles qui vous ramènent à la case départ mais avec, en sus, deux marmots sur les bras. Julia ne se plaint pas, c'est une grande fille, personne ne l'a forcée à tomber amoureuse de ce voyou trop beau pour être vrai, et ses maternités l'ont comblée, mais elle a appris à faire attention, à tous points de vue. Quand elle avait vingt ans, c'est la dernière chose qu'elle aurait pu envisager : devoir faire attention un jour.

Eux, les enfants, ils ne se rendent compte de rien. Enfin, si, bien sûr, ils constatent que leur père se contente de réapparitions brèves et invariablement orageuses, que leur mère est à cran plus souvent qu'à son tour, qu'ils restent tard chez la nounou parce que les tournages débordent, ne finissent pas à l'heure, mais ils ont conservé une certaine insouciance, ils croient encore que la vie n'est pas une chose dure comme du granit, que le monde n'est pas hostile. C'est sur le compte de leur insouciance encore qu'il faut mettre ce périple en train de nuit : ils avaient adoré ça la première fois, ils ont demandé à renouveler l'aventure, leur mère n'a pas eu la force de les décourager, tant pis pour l'inconfort, pour la promiscuité et la perspective d'un mauvais sommeil.

Dans la vitrine réfrigérée de la boutique Relay, elle attrape des sandwichs triangle sous vide, des bouteilles de Coca et de la Cristaline. À la caisse, elle ajoute un paquet de Granola et un de tartelettes au citron Bonne Maman, paie le tout sans s'attarder et file vers le quai, maintenant sa progéniture dans ses jambes. Une mère irréprochable aurait probablement prévu quelque chose ou acheté des produits plus sains mais ils sont à la bourre, elle est sortie tard du boulot et a juste eu le temps de passer en vitesse à l'appartement récupérer bagages et enfants.

Tandis qu'ils remontent le couloir en direction de leur compartiment, Julia remarque deux hommes qui s'affairent dans celui qui précède le leur : le premier a des cheveux blonds, le second a l'air triste. Elle referme machinalement sa veste en faux daim, comme pour se protéger du possible désir de ces deux-là. Elle s'en veut aussitôt. Tous les hommes ne sont pas des prédateurs ni des violents.

5.

Jean-Louis et Catherine Berthier ont respectivement soixante-trois et soixante-deux ans. Ils sont mariés depuis trente-sept ans. Catherine pourrait encore parler de la cérémonie avec force détails, elle n'a rien oublié. C'était un samedi en juin – ça, c'est facile –, dans le village de Dordogne dont elle est originaire, ils habitaient la capitale à l'époque mais pour ce genre d'occasion, on revient généralement au lieu de ses origines. Elle portait une robe blanche, mélange de coton et de soie, cousue de perles qui lui venaient de sa grand-mère, et une couronne de fleurs dans les cheveux – une coquetterie à laquelle elle avait tenu – et des souliers neufs qui l'avaient tourmentée et meurtrie toute la journée – elle aurait dû les « faire » avant, comme le lui avait conseillé sa mère, mais elle n'avait pas écouté. D'abord la mairie, avec Marie-Jo, sa meilleure amie comme témoin, alors que Jean-Louis avait choisi son frère, qui devait mourir l'année d'après dans un stupide accident de moto. C'est le maire lui-même qui les avait unis, un ami de la famille, il avait fréquenté les bancs de l'école primaire avec le père de Catherine. Puis l'église, la petite église étroite et fraîche malgré la chaleur de juin, son autel rudimentaire, ses vitraux modestes, ses bancs de bois branlants. L'abbé Aufort, qui n'avait plus d'âge, avait livré un sermon décousu mais empreint d'émotion, et c'est ça qui comptait. L'après-midi, pour l'apéritif, le jardin derrière la maison des parents : on l'avait décoré de guirlandes multicolores, on avait posé des planches sur des tréteaux, recouvert le tout de nappes en papier, apporté verres et bouteilles, tout le monde s'y était mis, les tilleuls embaumaient. Enfin, le soir venu, la salle des fêtes, elle aussi pavoisée, et ses longues tablées parées de nappes en tissu cette fois, hélas rapidement tachées de vin et de sauce. Ils n'avaient pas coupé aux discours, eux qui n'en faisaient jamais, puis chanté et dansé jusque tard dans la nuit. Jean-Louis ne s'en souvient pas aussi bien mais il fait confiance à sa femme.

Ils sont venus de Saint-Mandé où ils occupent depuis plus de trente ans le même appartement. C'est Catherine qui l'avait déniché alors. Elle ne voulait plus habiter Paris, trop sale, trop bruyant, trop cher, mais répugnait à s'éloigner. Et Saint-Mandé avait la vertu supplémentaire de se trouver sur la ligne 1, celle-là même qui la mènerait directement chaque matin à la station Hôtel-de-Ville. Elle travaillait au BHV. Elle y a d'ailleurs fait toute sa carrière, d'abord aux arts de la table, ensuite à l'électroménager, enfin à la literie au 6e étage, c'était plus reposant parce que moins fréquenté. Elle a vu le magasin se transformer. C'était une référence pour le bricolage, son sous-sol était réputé et c'est devenu un temple pour les jeunes bourgeois férus de déco. Elle le regrette mais n'y peut rien. Elle a été déléguée du personnel CGT pendant quelques années avant de raccrocher, il fallait se battre tellement pour obtenir si peu. Jean-Louis, de son côté, était employé par la Ville de Paris, comme jardinier. Il affectionnait son métier, qui n'est pas tous les jours facile, malgré les sarcasmes que les gens colportent. Il faut l'exercer dans le froid, sous la pluie, ou par temps de canicule. Il était appliqué, pas tire-au-flanc. C'est qu'il aimait les arbres et les plantations de toutes sortes. Il les aime toujours mais à Saint-Mandé, ils n'ont qu'un balcon où poussent des géraniums et un olivier en pot.

Ils sont à la retraite depuis un an, s'étant arrangés pour partir au même moment, et avec leurs trimestres en poche. Leurs trois enfants sont grands et casés, ils n'ont plus qu'eux à s'occuper. Alors, ils ont décidé de s'offrir un petit plaisir, ou plutôt une parenthèse : ils ont loué pour une semaine un studio à Briançon. Pourquoi Briançon ? Parce qu'ils n'ont pas l'habitude de la montagne, d'ordinaire pour les vacances ils vont plutôt au bord de la mer, en Bretagne ou en Vendée, ils louent un mobile home dans un camping. Cette fois, ils ont eu envie de changer. Et les Alpes, ça les tentait davantage que les Pyrénées. Catherine a dégoté l'appartement sur Internet, sur les photos ça semble assez spacieux, propre, lumineux, et le prix était intéressant parce que la saison de ski est terminée.

Pourquoi le train de nuit ? Un peu pour la même raison. Ils ne l'ont jamais pris, ils ont voulu essayer. Enfin, Catherine surtout. Et Jean-Louis n'a pas dit non. Et c'est une nuit de moins sur place à payer, ce n'est pas négligeable.

En attendant, ils sont ravis de constater qu'ils n'auront pas à partager leur cabine avec d'autres voyageurs. À l'évidence, cet Intercités est loin d'être plein.

Par précaution, Catherine dégaine sa bombe anti-punaises et vaporise généreusement les deux lits du bas, ceux qu'ils ont réservés. Une amie l'a mise en garde contre ce genre de désagréments.

6.

Serge Dufour a quarante-six ans. Il est VRP depuis plus de vingt ans. Son père l'était avant lui. Et le père de son père encore avant. Le commerce, on l'a dans le sang ou on ne l'a pas, point barre. Ce qui est certain, c'est que Serge est un tchatcheur, comme on dit. D'autres préfèrent l'expression « beau parleur » (les admiratifs) ou « baratineur » (les à qui on ne la fait pas). Pourtant, il partait avec un sacré handicap : enfant, il butait sur les mots mais son père avait dit : pas de ça chez nous et lui avait payé pendant des années des séances chez l'orthophoniste, lesquelles sont venues à bout de son bégaiement. Aujourd'hui, c'est à peine si on note une hésitation dans son élocution.

Il fourguerait des frigos à des Esquimaux, répète souvent sa femme, ajoutant que c'est comme ça qu'il l'avait séduite, avec des beaux discours. Elle ne regrette pas, voilà vingt et un ans qu'ils sont mariés, si elle regrettait elle aurait pris ses jambes à son cou, mais il est saoulant quelquefois, c'est l'adjectif qu'elle emploie, du coup elle n'est pas chagrinée qu'il soit sur les routes toute la semaine, ça lui épargne ses bavardages et ses vantardises.

Serge vend du matériel de ski et de randonnée. Là, il était « sur Paris » pour une formation, comme si ça servait à quelque chose, ces foutus stages, sauf que c'est le siège qui demande, et quand le siège demande personne ne discute mais bon, ce n'est pas eux qui vont lui apprendre son métier, et l'informatique ça va il s'y est mis, et plutôt deux fois qu'une, il est même imbattable en tableau Excel.

Cela dit, il n'est pas mécontent d'avoir passé une semaine à la capitale, il a pu faire la tournée des restaurants avec les collègues, ça pour se goberger ils se sont gobergés, ils sont même allés au Moulin Rouge un soir, quelqu'un a lancé : « On pousse jusqu'à Montmartre ? » mais ils n'avaient plus le courage ou ne marchaient plus vraiment droit. Il n'y a que l'hôtel qui n'était pas terrible, d'accord il était situé juste à côté du centre de formation mais en plein sur les Grands Boulevards, avec la circulation et les bars juste en contrebas, c'était pas l'idéal, résultat il n'a pas fermé l'œil de la nuit. Pourtant, il n'est pas exigeant, il lui est arrivé plus souvent qu'à son tour de dormir dans des deux-étoiles, pour tenir les budgets, vu que le siège fait attention à tout, mais un deux-étoiles au milieu des montagnes, il n'y a pas à tortiller, c'est quand même plus calme.

Donc il rentre à la maison, et dès lundi, il reprendra la tournée des popotes, avec plus d'une trentaine de boutiques, de magasins, de stands à visiter la semaine prochaine. Ce n'est pas parce que la saison est terminée qu'on a fini le boulot, bien au contraire, c'est dès maintenant qu'il faut proposer les nouveautés, annoncer les prix révisés, enclencher les premières commandes, celles pour l'été bien sûr, mais aussi, déjà, pour l'hiver prochain. Et, de toute façon, il faut entretenir l'amitié, c'est un métier de contacts, de familiarité, tes interlocuteurs tu dois les dorloter, pour qu'ils ne t'oublient pas le moment venu. Certains sont carrément devenus des proches, Serge connaît leur vie, prend des nouvelles des gosses, cause vacances ou politique avec eux, on se tutoie, on boit un canon, c'est un peu comme une deuxième famille.

Serge, ça lui plaît de rouler aussi, d'avaler du kilomètre. Tous les deux ans, il est obligé de changer de bagnole d'ailleurs, c'est que ça fatigue les véhicules, les routes de montagne et les rodéos incessants. Ça le fatigue lui aussi évidemment, il ne tient plus le coup comme à trente ans, il voit bien qu'il vieillit plus vite que ses amis, et il a de plus en plus souvent mal au dos mais c'est pas grave, c'est sa vie et il n'en voudrait pas d'autre ; en tout cas il n'en envisage pas d'autre.

Du reste, s'il avait cherché à s'économiser, il aurait pris le TGV, six heures et demie de trajet au lieu de douze, c'est certain qu'il y aurait gagné mais il aime les trains de nuit comme l'habitacle de sa voiture, c'est un cocon, c'est l'ancien monde, et on peut faire des rencontres. Serge ne dit jamais non à une nouvelle rencontre.

Il voudrait bien rejoindre son compartiment, maintenant, et se poser un peu, mais deux vieux bouchent le passage. Immobilisé quelques instants, il aperçoit par la vitre, sur le quai, une famille encombrée de sacs débordant de paquets cadeaux ; ce n'est pas Noël pourtant. Il songe aussitôt qu'il n'a rien rapporté à sa femme, même pas une babiole, même pas un souvenir ridicule de Paris, une tour Eiffel ou un mug décoré de l'Arc de triomphe, malgré une vague promesse ; la vérité, c'est qu'il a oublié.

7.

Manon, Leïla, Hugo, Dylan et Enzo ont dix-neuf ans. Ils ne se connaissaient pas il y a encore neuf mois mais le choix de leurs études, juste après le bac, les a précipités dans le même amphi : ils sont inscrits en psycho à Nanterre et sont devenus potes. Si bien que, lorsque Manon a dit : « Mon parrain a un chalet dans les Alpes, à côté d'un bled qui s'appelle Briançon, et il nous le prête, si on veut, vu qu'il n'y est pas, ça vous dirait ? », tous les quatre ont aussitôt approuvé bruyamment. Manon a ajouté : « En plus, c'est juste à la frontière, on pourra faire une virée de l'autre côté, si ça nous chante. » Après quelques secondes de flottement, Hugo a pris la parole pour ses camarades : « La frontière avec quoi ? » Elle a haussé les épaules : « Avec l'Italie ! Vous êtes cons ou quoi ! » Mais oui, l'Italie, bien sûr. Ils ont levé les yeux au ciel de concert, c'était une telle évidence.

Manon est la plus solide et c'est elle qui mène le groupe. Les garçons protesteraient peut-être si on présentait les choses ainsi (même si se croire obligés d'affirmer une sorte de virilité ne leur importe guère, ils laissent ça aux générations d'avant), mais pour la forme car ils admettent volontiers qu'elle est bien l'âme et le leader de leur petite bande. Est-ce parce qu'elle est l'aînée d'une tribu, dans un foyer où la mère, rattrapée par l'alcool, a abandonné la partie ? Sans doute mais pas que. L'aplomb, c'est inné. On peut certes le cultiver mais il faut au moins en posséder au départ. Manon a été bien servie.

À l'inverse, Leïla est timide, sauf que tout le monde paraîtrait timide, à côté de Manon. Disons : réservée. En fait, elle ne parle pas pour ne rien dire. Elle tient ça de son père. Et des joutes avec le sexe opposé sur la dalle devant l'immeuble où elle réside. Elle a appris qu'il ne servait pas à grand-chose d'élever la voix quand les autres, de toute façon, crient plus fort : il faut viser juste.

Que dire de Hugo ? Qu'il ressemble à un baba cool des années 70, années pendant lesquelles pourtant même ses parents n'étaient que des enfants. On pourrait attribuer ce goût au tropisme « flower power-écolo » de ses « darons » précisément, lesquels ne jurent que par le consommer bio et local, la condamnation du plastique et des matières polluantes, prônent la sobriété et même la déconnexion numérique mais non, il a juste une passion pour les films, la musique et les tenues de cette époque. Il faut reconnaître que le pattes d'eph' ou le velours râpé, la chemise de bûcheron ou le pull sans manches ainsi que les lunettes XL lui vont comme un gant. Il y a des gens comme ça.

Dylan, c'est simple : il est amoureux de Manon. Et c'est probablement ce qui le définit le mieux.

Un amoureux transi, régulièrement éconduit et rappelé. Il joue celui que ces loopings sentimentaux n'affectent pas, mais personne n'est dupe.

Enfin, Enzo est le seul de la bande qui soit politisé. Il ne jure que par Jean-Luc Mélenchon et attend la révolution qui fera rendre gorge aux puissants, aux riches. Les autres respectent son engagement même si ça ne les empêche pas de le chambrer un peu. C'est lui qui a eu l'idée du train de nuit : pas cher et c'est l'aventure. Il n'a pas eu de mal à convaincre ses acolytes. Il a ajouté que la ligne était menacée de disparition et que l'emprunter constituait un acte de résistance. À ce moment-là, ils ne l'écoutaient plus.

Les garçons déposent leur barda sur les banquettes du compartiment, avec une prudence qui pourrait surprendre. Il faut dire que chacun a pris soin de glisser un pack de bières dans son sac à dos. Hugo y a ajouté un sachet d'herbe et une barrette de shit. Le voyage promet d'être long et ils ne sont pas certains d'avoir envie de dormir. Ils laissent les couchettes les plus élevées aux filles, afin de respecter leur intimité, regrettant à bas bruit d'être ainsi privés de grimper à l'échelle ; en finit-on jamais avec les plaisirs régressifs ? Dylan s'installe juste en dessous de Manon. Ce choix des places dit quelque chose d'eux, qu'ils le veuillent ou non. Leïla ose une remarque sur l'exiguïté des lieux (« Ça fait un peu cellule, vous ne trouvez pas ? »), mais personne ne relève.

Ils se posent dans le couloir, accoudés aux vitres, dans l'attente du départ, quand Enzo lance : « On a le temps de descendre s'en griller une dernière, non ? » Le petit groupe se dirige aussitôt vers le quai, où ne restent plus que deux contrôleurs en train de vérifier que tout est en ordre.

Ce qui est beau, c'est la jeunesse de ces cinq-là, leur insouciance.

Ce qui est terrible, c'est de savoir comment tout ça va finir.

8.

Et puis, dans cette histoire, il y a un certain Giovanni Messina.

Il faudra bien parler de lui.

Mais chaque chose en son temps.

9.

20 h 50. Une voix masculine, dotée d'un fort accent du Sud-Ouest – signe irréfutable que les contrôleurs viennent de partout et parfois vont partout –, annonce que le départ est imminent et qu'il faut prendre garde à la fermeture des portes, avant d'égrener les noms des gares qui seront desservies. La plupart sont inconnus ; c'est qu'à la fin, on s'enfoncera dans la montagne, là où l'air et les populations se raréfient. Puis la voix souhaite machinalement un bon voyage et on entend un larsen suivi du clac d'un téléphone trop vite raccroché.

Alors le convoi s'ébranle dans la lenteur, comme s'il accomplissait un effort gigantesque pour s'arracher à ses amarres, les pylônes de béton défilent, et c'est le dehors, mais un dehors entre chien et loup, le jour est tombé, la nuit pas encore tout à fait arrivée. Le train laisse derrière lui la verrière métallique, gagne de la vitesse, croise un RER amenant son lot de banlieusards venus s'encanailler un vendredi soir et d'actifs qui auront quitté tard leurs bureaux. Surgissent les HLM parce qu'on franchit le boulevard périphérique, là où sont entassés tous ceux qui n'ont pas droit au cœur de la ville. Surgissent les façades taguées, les barrières d'isolation phonique, tandis que le ciel sombre est strié d'un entrelacs de caténaires. Après les entrepôts, c'est Ivry-sur-Seine. À quelques encablures mais pas assez près, le bois de Vincennes : les passagers n'en verront rien, ils devront se contenter d'imaginer sa présence. Vitry, Choisy, puis la forêt de Sénart, tapie dans l'obscurité qui gagne. Et ça y est, c'est la plaine, avec ici ou là des villages, on les devine aux loupiotes qui tremblent dans le lointain. Allez, c'est parti pour de bon, il n'y aura pas de retour en arrière. C'est trop tard.

Pourtant, personne ne pense encore à Briançon, en tout cas pas comme à quelque chose de concret, certains peut-être y pensent comme à une promesse. Mais personne n'a en tête les fortifications, ni la Durance, ni le grand glacier descendant du col du Lautaret, ni la ville haute ou la ville basse. À la limite, d'aucuns forment des images : la télécabine du Prorel, la fontaine des Soupirs, les cadrans solaires sur les bâtiments publics, le parc municipal, mais ce sont des images presque involontaires, fugaces et sentimentales. Non, pour le moment, on songe sans doute encore à la ville qu'on a laissée derrière soi, à la maison, a-t-on bien fermé la porte, à ce qu'on a glissé dans les valises, se peut-il qu'on ait oublié quelque chose, c'est idiot de se poser ce genre de questions maintenant mais on ne peut pas s'en empêcher.

Désormais, le train avance à plus vive allure, dépasse facilement des phares de voiture sur des chemins en contrebas, tout en produisant un fracas auquel on n'est plus habitué depuis qu'on emprunte le TGV. Du reste, on prête attention, presque malgré soi, aux bruits bizarres, annonciateurs d'éventuelles avaries. Mais pas d'avaries, au moins pour le moment, la machinerie taille la route, au long de ces lignes d'acier parallèles dont même les conducteurs croient ne jamais apercevoir la fin, quelquefois. Derrière les vitres en Securit, la lune est claire et un ennui diffus pourrait rapidement gagner. Au point qu'on en vient à se demander, pour le tromper, cet ennui qui menace, si, en plus des voyageurs, le convoi transporte du courrier, des colis, des babioles que les gens attendent dans des endroits reculés. Et voilà qu'on se laisse gagner par la régularité des secousses, bercer par le roulis.

Mais il est trop tôt pour se coucher, beaucoup trop tôt, même pour rester étendu. Alors on se redresse et on rejoint le couloir, là où il pourrait y avoir un peu de vie, le contraire de cette claustration à laquelle on ne s'est pas encore accoutumé.

10.

C'est Alexis qui en premier vient s'arrimer à la barre de maintien. La nuit est tombée et il ne distingue que la silhouette répétitive et fuyante d'arbres, pas tous sortis de l'hiver, une route ponctuée de lampadaires, à peine éclairée par leur lumière jaune, puis des champs à perte de vue qui pourraient donner l'illusion que le train est un bateau progressant sur une mer calme.

Le médecin est tiré de sa rêverie quand il surprend une conversation entre sa voisine de compartiment – la porte est demeurée ouverte – et celui qu'il pense être son fils. Le petit se plaint d'être fiévreux et sa mère ne peut que constater qu'en effet, il est « brûlant », c'est l'adjectif qu'elle emploie, mais les mères ne cèdent-elles pas, de temps à autre, à l'exagération ? Dans la foulée, elle se lamente à voix haute, pour elle-même et pour exposer son impuissance : « Et je n'ai même pas pris la trousse à pharmacie ! » Le gamin ne bronche pas, qu'est-ce que ça peut bien lui faire ? Alors elle insiste : « Mais t'as mal quelque part ? » Il gémit un petit « oui ». Elle s'agace légèrement : « D'accord, Gab, mais où ? » Alexis ne peut pas visualiser la scène de l'endroit où il se tient mais comprend sa réponse muette et souffreteuse. « OK, t'as mal à la gorge. Mais beaucoup ? » Là, Alexis suppose que l'enfant a dû répondre positivement d'un mouvement de la tête, car la mère laisse échapper un « Eh merde ! » qui exprime peut-être une lassitude venue de plus loin. C'est cette exclamation qui le pousse à intervenir.

« Pardon, j'ai entendu votre discussion avec votre fils, vous ne parliez pas fort, mais j'étais juste là. Il se trouve que je suis médecin. Je n'ai pas ma mallette avec moi mais, si vous le souhaitez, je peux l'examiner. » Julia a d'abord un geste de recul, une circonspection qui, elle aussi, vient de loin. Qui est ce type qui débarque sans prévenir dans l'embrasure de son compartiment, alors qu'autour, tout n'est qu'obscurité et silence ? Est-ce qu'elle peut lui faire confiance ? Mais, très vite, elle se détend. Il n'a pas l'air méchant, ressemble même à quelqu'un qui veut aider, sincèrement et, de toute façon, il y a du monde dans ce wagon, que pourrait-il arriver ? Elle regrette le gros mot qu'elle a lâché devant son fils. Et saisit donc la main tendue : « Ce n'est pas de refus. »

Alors le bon Samaritain s'approche du garçonnet et se présente à lui : « Je m'appelle Alexis, je suis docteur et on va essayer de comprendre ce qui t'arrive, mon bonhomme. » Il s'accroupit devant l'enfant et commence par porter le dos de sa main à son front quelques secondes : « Tu as mal à la tête ? » Le petit patient baisse les yeux et s'exprime comme s'il confessait un péché : « Un peu. » Dans la foulée, Alexis pratique des palpations au niveau de ses amygdales, s'y reprend à plusieurs fois. Il sort son téléphone de sa poche, allume la lampe torche et dit : « Tu peux ouvrir la bouche, s'il te plaît ? » avant de se livrer à une inspection détaillée. « C'est douloureux quand tu avales ? » Le gamin opine. « Et quand tu respires ? » Il opine de nouveau, mais avec moins de conviction. « Tu permets ? » Alexis soulève le tee-shirt du petit et porte son oreille sur sa poitrine, avant de rabaisser le vêtement. « Tu as mal ailleurs ? » Il désigne son ventre. « Et tu as un petit peu froid ? » L'autre est étonné de voir combien cet étranger sait déjà tout de lui. L'étranger inspecte ensuite ses oreilles et semble ne rien y déceler d'alarmant : « Bon, ce n'est rien de grave. »

Alexis se relève et s'adresse à la mère désormais : « La fièvre est apparue seulement maintenant ou vous avez l'impression qu'il en avait déjà ces derniers jours ? » Elle avoue piteusement : « Il n'est pas très bien depuis hier matin mais comme c'est un garçon fragile, je n'ai pas pensé que c'était sérieux. » Il sourit, pour la déculpabiliser. « Ses amygdales sont enflées et très rouges. Il ressent des douleurs au moment de la déglutition. Il éprouve une petite gêne pour respirer, il a une légère fièvre… Tout indique qu'il a attrapé une angine. Il a dû choper un virus, ça circule beaucoup ces temps-ci. Et c'est très fréquent, les angines chez les enfants de son âge. » Julia ne sait pas si elle doit être accablée ou soulagée. « Mais vous êtes sûr que c'est un virus ? » Il la tranquillise : « Dans quatre-vingts pour cent des cas, oui, l'angine a une origine virale. » Elle insiste : « Et les vingt autres pour cent, c'est quoi ? » Il n'élude pas : « Une origine bactérienne. Mais je n'y crois pas trop. Il n'y a pas d'infection dans les oreilles, je n'ai pas repéré de pus derrière les amygdales, la fièvre reste modérée et elle a donc été progressive. » Julia respire : « Si c'est viral, il faut faire quoi ? » Il se montre affirmatif : « Rien, ça guérit en quelques jours, sans complication. En revanche, si la fièvre persiste, alors oui, voyez votre médecin traitant, il pratiquera sans doute un test de dépistage et il ordonnera des antibiotiques. »

Julia est rassurée, mais aussitôt encombrée de son corps, dans l'encadrement de la porte. Elle s'écarte, en se cognant contre la paroi, pour laisser le médecin ressortir : « Merci. Merci beaucoup. » Puis lance alors qu'il commence à s'éloigner : « Je ne connais même pas votre nom. » « Alexis Belcour. » La réponse a fusé. Tout à coup, elle le regarde différemment : « Mes parents avaient une amie qui s'appelait Belcour et qui leur parlait souvent de son fils docteur à Paris. C'est pas vous, quand même ? » Alexis ne peut masquer une certaine surprise : « Ma mère parlait de moi ? » La jeune femme est aussitôt gênée, il lui semble qu'elle a gaffé, elle choisit de biaiser : « Je vous dois quelque chose ? » Il proteste : « Rien du tout, vous plaisantez », avant d'ajouter : « Si on ne peut pas s'entraider dans les trains de nuit ! » Et tout le monde de sourire. Car, pendant la consultation improvisée, ils sont quatre ou cinq à être sortis dans le couloir et à avoir compris ce qui se passait. On dirait bien qu'une communauté vient de se former.

11.

C'est pas banal, pense Victor, j'ai passé l'après-midi avec un médecin et voilà que j'ai droit à la compagnie d'un deuxième pour la nuit. Ce n'est pas pour autant qu'il va lui raconter son problème de ménisque. D'abord, son camarade de chambrée en a sans doute plus qu'assez que les gens lui balancent leurs soucis de santé dès qu'il décline sa profession, de surcroît il vient déjà de donner une consultation, ce n'est pas un cabinet médical, ce train, non plus.

De toute façon, le jeune homme n'est pas du genre à engager la discussion. D'un, il ne parle pas tellement aux étrangers – on lui reproche d'ailleurs d'être un peu sauvage –, encore moins sur des sujets intimes, parce qu'il ne faut pas croire mais c'est intime, un ménisque, c'est son corps, sa mobilité, sa vélocité et c'est devenu sa vulnérabilité ; de deux, il a prévu de se reposer, n'ayant pas oublié l'entraînement du lendemain.

Bon, il y a aussi qu'il répugne à attirer l'attention. Sa mère lui a fait remarquer un jour que les gens qui se tiennent à l'écart sont ceux qui redoutent d'être démasqués. En retour, il s'était contenté de hausser les épaules.

Surtout, il doute de l'intérêt de sa conversation. Ça lui vient de l'enfance, ce complexe : à la maison, c'était le père qui causait, et les grands frères, presque jamais lui (presque jamais la mère non plus, d'ailleurs, et il choisissait de ne pas s'interroger sur la raison de ce compagnonnage dans le silence) et, quand il osait prendre la parole, souvent on le regardait de travers – qui l'avait autorisé ? –, et ne comprenait-il pas que son enfance ne passionnait guère les adultes qui l'entouraient, car il était le petit dernier, venu dix ans après son frère, il l'est toujours, l'infériorité lui est restée. Oui, une fois grand, il n'est pas devenu de ceux, par exemple, qui s'expriment avec aisance, le coude posé sur une cheminée où un feu crépite ; et il en a vu crépiter, des feux. Bref, ce ne sont pas les raisons qui manquent pour s'en tenir au mutisme.

Sauf qu'un médecin, ce n'est pas rien. C'est même à ses yeux une personne qui possède une aura, une singularité, et qui l'impressionne, il n'a jamais vraiment su pourquoi, la longueur des études peut-être, comparé à lui qui n'a pas eu son bac, la maîtrise de matières qui lui sont parfaitement obscures, tout à fait inaccessibles, ou cette ambition de guérir, de sauver des vies, comme un sacerdoce admirable.

Alors il ose un sourire, juste un petit sourire d'admiration, un sourire de gratitude également pour ce que le docteur vient de faire avec le gamin, poser un diagnostic en un rien de temps, le rassurer, rassurer sa mère, alors qu'il n'y était pas obligé, qui plus est avec une sorte d'humilité, sans chercher à étaler sa science, sans jouer les grands manitous, et ça lui a plu, à Victor, cette simplicité, il préfère les gens qui ne la ramènent pas.

Alexis lui rend son sourire en se rapprochant de leur cabine. Il pourrait s'en tenir là, il a saisi le sens de cette bienveillance et cependant, il décoche, sur un ton complice et amusé, une question, presque malgré lui : « Et chez vous, alors, c'est quoi le problème ? » Victor restant coi, l'autre se rend compte qu'il doit expliquer cette curieuse et cavalière entrée en matière : « J'ai vu une enveloppe de radios dépasser de votre sac à dos, alors je fais mon malin, voilà. C'est de la déformation professionnelle mal placée en somme. Évidemment, vous n'avez pas de réponse à me fournir ! » Il a prononcé les mots avec un débit de mitraillette, ce qui est sa manière de prendre conscience de sa maladresse et de s'excuser. Après un court silence, il ajoute : « C'est idiot, mais c'est ce qui m'est venu à l'esprit pour nouer le contact. » Le jeune homme rougit. Il n'a pas l'habitude que les gens viennent vers lui, surtout les gens d'un milieu différent du sien. Son réflexe, en guise de réponse à l'invitation, est de tendre la main et de murmurer : « Je m'appelle Victor. » Alexis sourit, cette fois franchement : « Je sais, vous me l'avez déjà dit. » Le contact est noué.

12.

Serge, sorti lui aussi dans le couloir, a repéré Julia.

Et le problème de Serge, c'est que, bien que marié, il ne sait pas résister à son attrait pour les jeunes femmes. Il faut dire qu'il croise beaucoup d'inconnues dans ses tournées, les vendeuses dans les boutiques, les serveuses dans les restaurants, les hôtesses d'accueil dans les hôtels, les caissières dans les stations-service, et, presque chaque fois, il ne peut pas s'empêcher de dégainer sa panoplie de séducteur.

Quand il avait la trentaine et portait beau, ça pouvait encore passer et ça pouvait encore marcher. Il avait de l'allure, un discours rodé, et des femmes seules qui n'avaient rien de mieux à faire se laissaient convaincre, d'autres étaient même ravies de ce coup d'un soir, tous étaient adultes et disposaient de leur corps et de leur agenda à leur guise. Mais les temps ont changé. Serge a perdu de sa superbe, ses kilos en trop font craquer les boutons de sa chemise et l'empêchent de fermer ses vestes de costume, ce qu'on prenait pour de la conversation est devenu du bagout, les compliments subtils, du boniment, et les femmes ont conquis leur liberté, elles se débrouillent très bien loin des dragueurs de pacotille. Il y a donc tout à redouter de la rencontre qui se profile.

Dès que Serge se lance, les pires craintes se confirment.

« Vous travaillez dans la finance ?

— Non, pas du tout.

— Ah, j'aurais cru. Je trouve que vous avez le look d'une banquière. »

Julia essaie de se souvenir si elle a déjà eu droit à une entrée en matière autant à côté de la plaque (à croire qu'il a énoncé le premier métier qui lui est venu à l'esprit) et cliché.

« Et si ça n'est pas indiscret, je peux vous demander ce que vous faites dans la vie ? »

Ça ne l'est pas, mais elle n'a pas envie d'engager une conversation avec ce lourdaud. Cela étant, comme elle n'a pas la force d'être malpolie, ou parce qu'elle se souvient qu'ils sont reclus dans le même lieu pour les onze prochaines heures et qu'il n'est pas judicieux de se mettre à dos son voisin immédiat, elle fournit la réponse à la question, en prenant soin toutefois d'y glisser autant de brièveté et de neutralité qu'il est possible.

Sauf qu'elle a oublié que son métier déclenche toujours la même réaction.

« Non, c'est pas possible ! Ça doit être génial de côtoyer toutes ces vedettes ! »

Qui dit encore « vedettes » ?

Elle reçoit des gens en vue, c'est vrai, des personnalités, mais elle est assez lucide pour se rendre compte que, pour la majorité de ces gens-là, habitués à être servis, dorlotés, admirés, elle est souvent invisible. Qui plus est, avec les années, elle a appris à ne plus être impressionnée, elle a compris qu'ils ont besoin d'elle autant qu'elle a besoin d'eux, elle sait distinguer en une seconde les généreux des égoïstes, les humbles des arrogants, les gentils des sales cons. La routine est passée par là aussi. C'était un joli accident, c'est désormais un métier comme un autre.

« Génial, je sais pas… »

Elle tient à écourter leur échange maintenant.

« Ophélie Winter, vous l'avez reçue ? »

Julia est vaguement effarée que ce soit ce nom-là qui sorte en premier mais après tout, pourquoi pas ? Elle acquiesce sans insister. Elle se rappelle que la chanteuse, disparue des radars, avait été invitée une fois justement pour évoquer « l'après-célébrité ». Pas l'émission dont elle est la plus fière.

« Elle me faisait fantasmer à un point, vous n'imaginez pas ! Je voulais absolument la rencontrer, je suis même allé à des concerts et je l'ai attendue dehors après, j'étais sûr que j'allais lui plaire. »

La jeune femme se dit que la suite risque d'être réellement pénible et qu'elle va devoir expliquer à cet homme que ses obsessions ne l'intéressent pas, que, par ailleurs, plus personne ne parle des femmes comme il le fait, et cependant, contre toute attente, Serge, plutôt que de se montrer libidineux, change d'expression du tout au tout et se laisse submerger par une sorte de tristesse irrémédiable.

« Mais je ne l'ai jamais vue. Jamais. Et j'ai fait une croix sur mes illusions. Aujourd'hui, je suis juste un représentant de commerce avec beaucoup d'heures de vol, qui se dit que sa jeunesse et ses espoirs ont foutu le camp. »

Soudain, Julia se rappelle qu'il ne faut jamais juger les gens trop vite.

13.

Catherine s'en veut. Elle redoute le vacarme que la présence des jeunes dans le compartiment voisin risque de provoquer, mais surtout elle se reproche de le redouter.

Ses craintes ne sont pas infondées : on voit mal comment cinq filles et garçons de même pas vingt ans réunis dans cinq mètres carrés avec de la bière et de l'herbe, qui n'ont pas besoin de beaucoup de sommeil, et n'ont sans doute même pas prévu de dormir, pourraient rester calmes. Il y aura forcément des conversations interminables, des exclamations, des cris, des débats fiévreux, des rires, forcément de la musique, des clips diffusés sur des portables et qu'on montre à son pote, le couinement de jeux vidéo, le retentissement incessant des textos envoyés ou reçus, forcément des allées et venues, des stations dans le couloir, des portes qui coulissent.

Mais son appréhension lui confirme qu'elle est devenue une vieille personne. Jadis elle s'en serait accommodée. Encore récemment, quand elle battait le pavé avec ses camarades pour défendre les droits sociaux perpétuellement bafoués des travailleurs et s'opposer à des réformes injustes portées par des gouvernements ignorants de la précarité, aveugles à la détresse, elle n'était pas dérangée par le tumulte, elle y participait même, au tumulte, elle le créait, le tumulte, et elle se réjouissait quand des jeunes venaient les rejoindre, c'était le signe que la lutte ne meurt jamais, que le flambeau peut être repris. Et la voilà avec des affres de mamie ou de petite-bourgeoise.

Jean-Louis, tout en commençant à feuilleter *L'Équipe* du jour pour se remettre en mémoire les matchs disputés en Ligue 1 ce week-end, a compris le cheminement de sa pensée. Ça sert, trente-sept ans de vie commune (et même un peu plus), ça sert notamment à connaître l'autre par cœur, à repérer une contrariété dans un plissement du regard, une inquiétude dans le frottement nerveux des mains, un tracas dans une certaine façon de se mettre à l'affût ou une incapacité à fixer son attention. Il a compris, mais que peut-il faire ? Rien. Les fêtards ne vont pas se muer en enfants de chœur parce qu'il leur ferait les gros yeux et Catherine ne va pas croire que tout ira bien juste parce qu'il le lui affirmerait. C'est cela aussi, être un couple depuis longtemps, ne pas promettre ce qu'on ne peut pas tenir, et c'est cela prendre de l'âge, admettre ce contre quoi on ne peut pas lutter.

N'y tenant plus, Catherine se lève, se poste dans le couloir et attend. Qu'attend-elle au juste ? Que les petits commettent leur premier écart pour aller leur dire : soyez gentils, on est juste à côté, on n'est plus tout jeunes, on aimerait réussir à dormir cette nuit, jusqu'à 23 heures faites ce que vous voulez, mais après… ? Oui, peut-être.

Et c'est dans cette expectative qu'elle surprend la conversation. Quelqu'un dit : « Vous n'y comprenez rien, bien sûr qu'il faut refuser les traités de libre-échange et les potions libérales, et bien sûr qu'il faut arrêter avec cette histoire de dette à rembourser, d'ailleurs on a bien vu qu'on s'en fout des déficits. » Une voix lui répond : « Enzo, tu nous saoules avec ton Méluche ! On est en vacances, là, tu veux pas plutôt qu'on se roule un joint ? »

Juste après, un garçon excédé jaillit du compartiment. Catherine, qui n'en a pas perdu une miette, en déduit qu'il s'agit du fameux Enzo, agacé d'être ostracisé alors qu'il a simplement une conscience politique, agacé de constater que ses acolytes ne préparent pas la révolution alors que ça devrait être leur préoccupation première. Et elle l'accueille à bras ouverts : « Ça fait du bien de voir qu'il reste des insoumis ! » L'autre la considère d'abord bizarrement avant de se rendre compte qu'il a affaire à une camarade et de lui sourire, d'un sourire magnifique, enfantin, irrésistible.

Juste après, c'est Hugo qui fait son apparition, d'une manière beaucoup plus indolente, et même langoureuse : « Allez, fais pas la gueule, on le sait que c'est sérieux pour toi tout ça, et que c'est sérieux tout court d'ailleurs, mais disons qu'il y a un temps pour tout, quoi, et là, ça m'a plutôt l'air d'être un temps pour la défonce. »

Aux premières loges de leur échange, Catherine n'est pas surprise par leur goût pour la fumette, non, mais par la dégaine incroyable de celui qui vient de les rejoindre : « Même moi, dans les années 70, je ne portais pas des trucs pareils. Et pourtant, j'avais l'âge ! »

Hugo, un peu décontenancé, fixe Enzo, lequel lui lance : « Je te présente… » avant de se retourner vers Catherine pour l'interroger d'un froncement de sourcils et de répéter le prénom qu'elle énonce avec entrain. « Voilà, je te présente Catherine. Elle voyage avec nous. »

14.

« Vous allez jusqu'à Briançon ? »

Victor n'a pas souhaité en rester là, aux présentations répétitives et maladroites. Il a eu envie de poursuivre, ce qui ne manque pas de le surprendre néanmoins. La faute à ce paquebot filant dans l'obscurité, dans l'opacité, sans doute.

« Oui. »

La réponse est certes brève mais encourageante, Alexis s'étant tourné vers son interlocuteur avec un regard qui témoignait de l'intérêt, de l'écoute.

« Pour les vacances ? »

Hein, pour quelle autre raison un Parisien se rendrait-il dans les Alpes à l'occasion des congés de Pâques ? Car cet Alexis est parisien, son adresse est mentionnée sur l'étiquette de sa valise. Victor y a machinalement jeté un œil tout à l'heure ; qui s'interdit ce genre d'indiscrétion ? Cela étant, la solitude de son compagnon l'intrigue. Pas de femme, pas d'enfants. Seraient-ils venus plus tôt, par un train différent ?

« Pas vraiment. J'ai… une obligation. »

Le regard s'est assombri, d'un coup. Sans que Victor puisse deviner si l'ombre est causée par le goût du mystère ou par la contrariété.

« Pardon, je ne voulais pas être indiscret. »

Il faut toujours se méfier des conversations qui s'engagent sur les sujets les plus ordinaires, les plus conventionnels. Parfois, elles touchent des points sensibles.

« Vous ne l'êtes pas. La maison de ma mère vient d'être vendue. Je vais la vider. »

Il a délivré l'information avec une sorte de froideur. À l'évidence, il s'acquitte d'une promesse ou d'un devoir. D'une corvée en tout cas.

« Ah, vous aidez votre maman à déménager ? »

Victor dit « maman » et non pas « mère ». Il a encore l'âge de dire « maman », l'autre l'a dépassé. Malgré tout, c'est beau, ces fils qui, à l'âge où ils ont cessé de dire « maman », viennent leur donner un coup de main comme si le temps était venu d'inverser le soutien, comme s'il appartenait désormais aux enfants de prendre en charge leurs parents.

« Non, elle est morte. »

Merde ! Et, de nouveau, la froideur. Pas d'émotion. Pas de voix qui se brise. Pas de paupières qui s'affolent. Soit le décès remonte à loin, soit il ne portait pas la disparue dans son cœur, soit son sang-froid est celui qu'il arbore face à un patient. Victor, lui, s'il se trouvait dans la même situation, serait dévasté, il s'efforcerait de le masquer mais ça déborderait, il se connaît. Sa mère est celle à qui il tient le plus dans cette famille, et de loin. En attendant, il a mis les pieds dans le plat avec sa curiosité. Ça lui apprendra.

« Pardon, je gaffe tout le temps. »

Il est exact qu'on se moque souvent de ses bourdes, de sa gaucherie. Ça, également, lui vient de l'enfance. Quand on ne vous a pas appris l'assurance, les bévues ne sont pas rares. Et quand on vous a effrayé, dominé, vous risquez de perdre l'équilibre.

« Vous vous excusez tout le temps aussi. Deux pardons en vingt secondes, c'est beaucoup trop. »

Alexis a souri en balançant sa remontrance. Manière de dire que l'impair est sans importance et d'approfondir la connivence.

« Des vacances, du coup, ça aurait été plus sympa. »

Victor s'essaie à la même légèreté. Manière de le rejoindre dans la connivence.

« Vous avez tout compris. »

Pas tout, quand même. Par exemple, cette impassibilité. N'est-elle qu'apparente ? Il aimerait savoir quel genre de type il est.

« Elle est morte il y a longtemps, votre maman ? »

Une fois encore, il s'étonne de sa hardiesse. Ses amis ne le reconnaîtraient pas, eux qui se plaignent souvent de ses silences. Faut-il que son compagnon d'un soir l'intrigue.

« Six mois. Non, sept. Le cœur a lâché, sans prévenir. »

Victor visualise une douleur brutale et vive, la main qu'on porte à la poitrine, le visage qui grimace, et la carcasse qui vacille, avec la montagne en arrière-plan. Mais peut-être que ça ne se passe pas comme ça, peut-être que c'est juste une image de film. S'il demandait des précisions, le docteur les lui fournirait probablement mais ce serait déplacé.

« Une belle mort, comme on dit. »

La sagesse populaire l'affirme. Mais qu'en sait-elle ?

« Oui, il paraît. »

Alexis n'a pas l'air convaincu.

Cinq minutes qu'ils se parlent et ils ont déjà un cadavre sur les bras. Si ça n'est pas de l'intimité…

15.

Maintenant qu'ils ont évacué le sujet de leurs professions respectives, et qu'il a démontré qu'il n'était pas qu'un rustre en dépit des apparences, Serge voudrait, comme on le fait en pareil cas, témoigner de la sympathie à la mère seule qui doit se coltiner un voyage de nuit avec deux enfants et, en plus, l'angine du cadet. Il la croit atteinte et débordée.

Or elle n'est ni atteinte ni débordée. Bien entendu, elle préférerait que son fils ne soit pas malade et cette aventure nocturne va, à l'évidence, se révéler moins réjouissante qu'elle ne le paraissait quand ils en ont discuté ensemble et qu'elle a cédé à l'injonction éplorée de sa progéniture, mais elle a l'habitude des bobos, des complications, son existence n'est qu'un long enchaînement de péripéties, d'ailleurs la vie n'est-elle pas qu'une longue suite d'aléas. Elle n'en est pas non plus à sa première expédition, les gens l'ont aperçue plus d'une fois courant dans les rues, devant les écoles, dans les centres commerciaux, avec sa fille arrimée à une main et son garçon au bras, elle les a emmenés partout et maintenant que le père a quasi déserté, elle est seule à la barre, alors franchement il n'est pas sûr que la politesse un poil démonstrative du représentant produise beaucoup d'effet.

C'est sans compter la magie des trains de nuit. Comment expliquer sinon qu'ils sortent chacun du rôle qui leur est généralement attribué ou dans lequel ils se complaisent ?

D'abord, il y a dans l'élan de Serge – et sans doute en est-il le premier surpris – de la sincérité et de l'innocence. Il s'approche sans arrière-pensée de cette femme qui le touche sans se l'expliquer. Il s'approche avec pour unique ambition de lui faire comprendre que certes ils sont des étrangers mais embarqués ensemble pour quelques heures, rien ne les oblige à s'aborder mais quel mal y aurait-il à se lancer, ils se sépareront au petit matin après une nuit à coup sûr hachée et inconfortable mais là, pour le moment, ils tanguent de concert, alors pourquoi pas des mots entre eux, des mots ordinaires, sans importance véritable mais qui font passer le temps. Et, qui sait, à la fin, ils se sentiront peut-être un peu moins seuls.

De son côté, Julia laisse venir cet homme qui n'est pourtant pas son genre, avec son costume fripé, sa calvitie avancée et son excès d'eau de Cologne et alors qu'elle ne voit pas bien ce qu'elle pourrait fabriquer, ne serait-ce qu'un instant, avec un individu si éloigné de son monde, de ses préoccupations ; en d'autres circonstances, elle aurait su habilement détourner le regard ou faire un pas de côté pour décourager l'assaillant. Mais précisément, ne le laisse-t-elle pas venir parce qu'il est éloigné de son monde et de ses préoccupations ?

Ou parce qu'il a un air de chien battu et qu'elle n'est guère flamboyante non plus ?

(Elle sait quand elle a cessé d'être flamboyante. Il y a eu une date, un moment de bascule, même si, dans le feu de l'action, elle a refusé de le considérer comme tel. Après, elle a fait illusion. Elle est assez douée dans cet exercice.)

Il dit : « Mon fils avait des angines à répétition quand il était petit et vous le verriez maintenant, il a vingt ans et il pète le feu. » Elle lui répond par un trait d'humour ou d'ironie : « Vous me donnez de l'espoir ! » avant d'ajouter, presque malgré elle : « Et j'en avais besoin. »

Il enchaîne, feignant de n'avoir rien remarqué : « Je m'appelle Serge. Ma mère était fan de Gainsbourg. » Elle se reprend : « Julia, je ne sais pas très bien pourquoi, je n'ai jamais demandé. »

16.

« On est d'accord : les cartes senior contre les cartes jeune ? » C'est Enzo qui a choisi cette jolie provocation pour former les équipes. « Si vous tenez à vous faire rétamer… », lui a répondu Catherine tandis que chacun prend place de part et d'autre de la tablette centrale qu'ils ont dépliée. Elle n'en revient toujours pas que deux, parmi ces garnements, sachent jouer à la belote. D'autant que cette partie ne doit qu'au hasard d'être organisée. Catherine avait commencé par les houspiller gentiment à propos de leur obsession des écrans : « Dans le métro, quand je vous regarde, vous êtes alignés et vous avez tous la tête penchée sur un portable, on dirait des animaux de batterie. Et personne ne parle à personne. Vous êtes enfermés dans votre propre monde. Entre ceux qui sont sur Facebook ou je ne sais quoi, ceux qui tapent des messages comme s'ils n'avaient que des urgences, ceux qui jouent à des jeux avec des flingues ou des bagnoles et qui shootent à tout-va, franchement c'est déprimant. » Enzo lui avait répondu : « Catherine, ce qui est déprimant, c'est que tu dises ça. Tu te rends compte quand même que c'est un discours de vieux con ? » Elle avait encaissé le coup. Avant de repartir au combat, malgré tout : « Mais quand même, vous ne vous parlez jamais ? Je veux dire : les yeux dans les yeux ? » Manon avait rétorqué : « Ben si, regarde, dans ce train, on est ensemble et on cause ! » La retraitée avait enchaîné : « Mais, pour jouer, par exemple, c'est virtuel vos trucs, c'est avec des inconnus à l'autre bout de la France ou du monde, et qui ont des pseudos, c'est bien comme ça qu'on dit, des pseudos ? Nous, au moins, quand on tapait le carton, on était autour d'une table et je peux te dire que ça chauffait, on en a fait, des parties avec les copains, on en fait encore le dimanche après-midi, ça nous occupe. » Et Manon lui avait lancé : « Faut pas croire, moi, je sais jouer à la belote. » Enzo avait surenchéri : « Ben moi aussi, je sais ! » C'est ainsi qu'ils se retrouvent à disputer cette partie inattendue. Heureusement que Jean-Louis a eu la présence d'esprit de glisser un jeu de cartes dans la valise ! Bon, ce n'était pas non plus un exploit de sa part : comme il se doutait que, certains jours, il devra rester à la maison, eu égard à son état de fatigue, il avait prévu de quoi se lancer dans des solitaires.

Manon a tendu l'oreille quand il a parlé de sa fatigue et, tandis qu'elle prend à trèfle, elle se permet de lui poser la question. Pour autant, elle la pose avec une certaine désinvolture, afin qu'on n'aille pas croire que sa curiosité serait mal placée : elle entend juste témoigner de la sympathie et montrer qu'elle prête attention à ce qui est dit. Jean-Louis lui répond avec la plus grande simplicité : « J'ai un cancer du poumon. Qu'est-ce que tu veux, quarante ans à fumer un paquet de clopes par jour, à un moment on te présente l'addition. » Les visages aussitôt s'assombrissent. Catherine soulage les gamins : « Ah non, quand on joue à la belote, on est concentré sur la belote. Enzo, c'est à ton tour, et je te rappelle que tu dois monter si tu as de l'atout. » Des sourires reviennent.

Un peu plus tard, l'ancienne du BHV dit : « Au fait, j'ai apporté une Thermos de café et un clafoutis aux cerises, que j'ai préparé moi-même, attention ! Ça tente quelqu'un ? » Comme les autres opinent, elle quitte la table quelques instants, fouille dans le grand sac Carrefour qui lui sert à faire ses courses et revient procéder à la distribution. Puis s'étonne soudain du silence dans le compartiment d'à côté où sont restés Leïla, Hugo et Dylan. « Dis donc, ils sont bien calmes, vos camarades, on ne les entend plus, c'est normal ? » Manon fournit une explication : « Si tu veux mon avis, les joints doivent commencer à faire effet. Espérons que les contrôleurs ne se pointent pas maintenant… » Jean-Louis saisit la balle au bond : « Ben d'ailleurs, je me demande si je ne préférerais pas un joint à ton clafoutis… » Les étudiants ne pouvant retenir une certaine stupéfaction, il précise sa requête : « J'ai un toubib épatant qui m'a prescrit du cannabis thérapeutique, un joint ce serait comme qui dirait une façon d'approfondir mon traitement… »

Enzo se redresse aussitôt et lance à la cantonade : « Je vais nous chercher ça. Si on a la médecine avec nous ! »

17.

L'Intercités n° 5789 a désormais atteint sa vitesse de croisière. Certes, il pourrait accélérer mais à quoi bon, puisque ceux qui l'empruntent savent à quoi s'en tenir. De toute façon, l'état des voies empêche les trop grandes vitesses. Certaines portions, et en particulier les ouvrages d'art, n'y résisteraient pas. Et il faut ici ou là les partager avec des Transiliens ou des trains de marchandises qui, eux, avancent plus lentement. Et, aux passages à niveau, pas question de dépasser les cent kilomètres à l'heure.

Le train a laissé sur le côté le parc naturel du Gâtinais, « ce pays des mille clairières et du grès », ainsi que le signalent des panneaux où figurent des brins d'orge et une abeille, il s'approche de Sens qui s'enorgueillit d'être une ville fleurie mais personne n'apercevra les fleurs, pas plus que la façade imposante de la cathédrale Saint-Étienne, puisqu'une nuit dense et profonde, ponctuée ici ou là par le halo tremblant d'un réverbère ou l'éclat fugace d'une balise aérienne accrochée à un pylône, recouvre presque tout désormais. Il file à travers la plaine, au beau milieu de paysages somnolents, avec pour seul objectif d'atteindre au petit matin le Val de Durance, accomplissant ainsi, fier et têtu, sa noble mission : desservir les territoires les plus enclavés.

Dans le compartiment qui leur est dévolu, deux contrôleurs bavardent, porte ouverte, serrés dans leurs uniformes bleu marine, dont la seule fantaisie est un liseré rouge ; on est loin du gris souris et violet imaginé jadis par un célèbre créateur. Même s'ils s'entretiennent à voix basse, s'étant adaptés sans même avoir à y penser au calme qui règne dans la rame, ceux qui passent ou stationnent dans le couloir pourraient facilement surprendre des bribes de leur conversation.

L'un des deux s'apprête à prendre sa retraite et ne peut s'empêcher de convoquer ses souvenirs. Il dit que « ça va lui manquer tout ça », il a toujours « fait les trains de nuit, plus de trente ans que ça dure ». Quand il a commencé, ils étaient pleins à craquer, ces fichus trains, et tout le monde se mélangeait. Il n'était pas rare de trouver des hommes d'affaires, sérieux avec leurs costumes trois pièces et leurs mallettes de cuir, assis à proximité de gamins surexcités ou pleurnichards qui s'en allaient passer l'été en colonie, des familles qui partaient pour les vacances à côté d'autres qui, elles, rentraient au pays, comme on dit. Il se souvient, en particulier, du Sud-Express et de ces immigrés portugais qui revenaient pour quelques semaines vers la terre de leurs origines, chargés de valises, de sacs qui débordaient et menaçaient de céder, de cadeaux emmaillotés dans du papier journal. Il n'a pas oublié non plus, dans le sens inverse, les clandestins venus d'Espagne qui réussissaient à se glisser entre le plafond et la toiture pour passer en douce ; l'espoir ça te fait oublier le danger.

Il se souvient aussi du Flandres-Riviera où des gens qui avaient quitté les terres pluvieuses et populaires du Nord se réveillaient émerveillés sous le soleil de la Côte d'Azur, surpris et même un peu gênés par tant de magnificence. Ce qu'il aimait d'ailleurs, c'était de les voir s'éveiller à l'aube, tous ces voyageurs, encore engourdis, le visage chiffonné, mais heureux de débuter un nouveau jour, une nouvelle aventure.

Quand son collègue, beaucoup plus jeune, lui demande s'il n'est pas « rincé » par tant de périples nocturnes, qui ont nécessairement mis sa santé à rude épreuve, il répond que non, que le corps s'est habitué, que ce qui va être difficile, c'est au contraire de retrouver une vie normale, enfin du moins ce qu'on appelle une vie normale. Il se sent comme ces ouvriers qui ne travaillaient que de nuit : quand ils prenaient leur retraite il leur fallait des mois, parfois des années pour s'habituer à la lumière du jour et trouver leur place dans le monde, et certains ne la trouvaient jamais ; s'il a une inquiétude, ce serait plutôt celle-ci.

Comme s'il ne pouvait se résigner à cette fin de carrière programmée, voilà qu'il repart dans ses souvenirs, évoquant cette fois la magie particulière des trains qui traversaient l'Europe, vers l'Est : « C'était une ambiance bizarre, tu avais l'impression que des types du KGB rôdaient encore dans les alentours ou que des vieilles rombières regrettaient le temps d'avant. Et tu ne comprenais rien aux langues qu'ils parlaient. » Il avait un peu peur, mais sans savoir de quoi.

Ses paroles finissent par se confondre avec le bruit si caractéristique du roulement, avec la vibration des roues, avec le rayonnement des rails, juste dérangé de temps en temps par des défauts, des rugosités à la surface. Elles finissent par se perdre dans l'obscurité qui les enveloppe tous, et dans l'absence qui habite les lieux.

Difficile de croire que c'est une nuit pour mourir.

18.

« J'ai quitté Briançon le lendemain des obsèques. Dans les jours qui ont suivi, le notaire m'a confirmé que j'héritais de la maison. Normal, j'étais fils unique. Quand la succession a été réglée, j'ai appelé une agence immobilière de la ville et je leur ai donné mandat de la mettre en vente. Jamais je n'ai envisagé de la conserver. Pourtant, c'est un joli chalet, situé dans la ville haute, ma mère l'avait acheté en revendant l'appartement de Neuilly lorsqu'elle a pris sa retraite, elle avait choisi de revenir vivre dans les Alpes, j'en avais d'ailleurs déduit que le lointain déménagement avait en fin de compte été un déracinement, même si elle ne l'avait jamais exprimé. Mais cette maison n'était pas la mienne, vous comprenez, je n'y avais jamais habité, je me contentais d'y aller de temps en temps, quand je rendais visite à ma mère, et les visites étaient espacées, c'était un endroit de passage pour moi, rien d'autre, je n'avais pas d'attachement. Alors oui, je sais ce que vous allez me dire : j'aurais pu la garder quand même, pour les Alpes, pour disposer d'un lieu de villégiature à la montagne mais je ne voulais pas résider chez une morte, je crois un peu à la présence des disparus, je crois qu'elle nous encombre quelquefois. Bref, la maison vient d'être vendue et à des Parisiens, en plus ! C'est pour ça que je dois aller la vider. J'ai déjà demandé à l'agence de dénicher des acheteurs pour les meubles, les canapés, les lits, tout ça, mais il faut que je m'occupe, moi, des effets personnels, les papiers, les bijoux, les livres. Je sais que ça va être un peu curieux. Personne n'a envie de faire du tri dans les affaires de ses parents, ni de fouiller leur intimité alors qu'ils ne sont plus là pour s'y opposer. Et c'est cruel de passer une vie par pertes et profits puisqu'il s'agit bien de ça, mais on ne peut pas y couper, pas vrai, on n'a pas le choix. Voilà, vous savez tout. »

Le monologue auquel Alexis vient de se livrer était plutôt long, mais ce Victor était visiblement curieux d'en apprendre davantage sur sa visite à Briançon : il est servi. Le résultat, c'est que le jeune homme a l'air effaré maintenant. Il doit penser qu'elle manque un peu de tendresse, cette histoire. Et il n'aurait pas tort. Il ne le mentionnera pas, bien sûr, mais son regard suffit. Sauf qu'il lui faut dire quelque chose, ne pas laisser cet exposé en suspens, sans réplique, sinon son effarement va apparaître pour de bon et remplir tout l'espace.

« Alors, comme ça, fils unique ? »

C'est tout ce qu'il a retenu ? Non, impossible. En réalité, se focaliser sur ce point lui permet de ne pas aborder le reste, c'est évident : la distance manifeste avec la mère, le refus d'endosser l'héritage d'une certaine façon, la manière qu'a chacun de conduire son deuil aussi, et toutes les questions existentielles qui se cachent derrière les questions matérielles.

« Je crois que mes parents ne tenaient pas à s'encombrer d'enfants. Au fond, ils étaient plutôt égoïstes. Mais je ne leur reproche pas. Après tout, on a bien le droit d'être égoïste. »

Oui, on a le droit de vouloir une vie pour soi plutôt qu'une vie dédiée à d'autres, fussent-ils ses enfants.

De nouveau, Victor paraît accablé. Chaque prise de parole de son interlocuteur est un clou de plus planté dans le cercueil de cette famille. Il ne prétendrait pas que la sienne est idéale, loin de là, il a assez souffert des principes qui la régissent, mais disons que tout le monde se mettait autour de la table à l'heure du dîner et que ça faisait illusion. Peut-être qu'Alexis, en fait, est le genre à ne pas se contenter de l'illusion. Peut-être est-il lucide alors que Victor se complairait dans un certain aveuglement.

« Ceux qui vous racontent qu'on est un enfant-roi parce qu'on est un enfant seul se gourent. On est d'abord un enfant seul. »

Allez, encore un clou ! Cette fois, Victor comprend, sans équivoque, qu'Alexis solde ses comptes. C'est d'ailleurs ce qui l'autorise à poser la question qui lui semblait informulable quelques minutes auparavant.

« J'ai l'impression que vous ne vous aimiez pas beaucoup, entre vous, je me trompe ? »

Alexis fixe le jeune homme, ravi de son audace.

« Non, pas beaucoup.

— Et vous savez d'où ça vient ?

— Ils n'ont pas aimé celui qui s'est affirmé devant eux à vingt ans. Ils ne l'ont pas rejeté, non, bien sûr, ils étaient trop bien élevés pour ça, trop progressistes comme ils se plaisaient à se définir, mais, à leur façon, ils sont passés à autre chose. Je les avais déçus, c'était irrémédiable. Ils ont juste appris à faire avec. Ou plutôt sans. »

(Il a prononcé les derniers mots avec une sorte de détachement. Cependant, même après tant d'années, sa douleur et sa colère sont intactes, elles ne sont pas retombées, il a mal comme au premier jour, il leur en veut comme au premier jour ; on n'est pas obligé de pardonner aux morts.)

19.

« Votre mari ne voyage pas avec vous ? »

La question paraît pachydermique, surtout posée par Serge mais elle ne l'est pas, ils n'en sont plus là. Elle lui semble même assez naturelle : une femme dans un train de nuit gagnerait à être accompagnée, on ne sait jamais ce qui peut arriver, on raconte que des voyous montent à bord, se planquent dans les chiottes et en sortent quand tout le monde dort pour dépouiller les passagers, on raconte même que des femmes ont été importunées, et quand on dit importunées il faudrait dire violées, parce que, quand une femme dit non, ça s'appelle un viol, tout le monde sait ça maintenant, même Serge, et qui de plus approprié qu'un époux pour protéger sa femme d'une agression, alors oui, il se le répète pour lui-même, sa question n'est pas aussi malavisée qu'on serait fichu de le penser de prime abord, et elle n'est pas non plus, en conséquence, cousue de fil blanc.

Julia ferme avec précaution la double porte de la cabine, non sans avoir vérifié que ses enfants sont occupés, et c'est le cas : Chloé est absorbée par la lecture d'un manga, quant à Gabriel, malgré la fièvre, il est capable, casque vissé sur les oreilles, de regarder un dessin animé sur son iPad.

« Il n'y a plus de mari. Et c'est tant mieux. »

Elle aurait pu botter en touche, inventer n'importe quel bobard, il a du travail, il nous rejoint demain, mais non, elle s'est lâchée et elle aussi s'en étonne, car elle n'est pas du genre à s'épancher, en tout cas pas sur ses histoires de couple. Pourtant, on lui a répété qu'au contraire, il fallait parler, c'est devenu un mantra, « la libération de la parole », elle a organisé nombre de débats sur le sujet dans les émissions qu'elle programme, elle a fait venir beaucoup de victimes, de spécialistes, elle est pratiquement devenue experte de la question, seulement voilà, elle a toujours estimé que ce n'était pas pour elle, qu'elle gérait les choses différemment, à sa manière, et sa manière, c'est le mutisme, et le boulot, et une sorte de déni. Que s'est-il donc produit pour qu'elle accepte d'ouvrir une brèche, qui plus est, devant un inconnu ? Il ne lui faut qu'une poignée de secondes pour trouver la réponse : l'homme du train est un inconnu. Il est beaucoup plus facile de se confesser devant une personne qui ne sait rien de vous, qui ne vous jugera pas, qui n'osera pas, qui ne vous délivrera pas de conseils, qui ne s'y sentira pas autorisée, c'est comme parler au vent, ou parler à la mer du haut d'une falaise. Ce Serge est comme le vent, ou comme la mer. En plus, elle est presque certaine qu'il ne possède aucun des codes, aucun des bons réflexes, qu'il est comme une page blanche sur ces sujets. Franchement, elle aurait tort de se priver.

« Vous voyez ces marques sur mon cou ? C'est lui qui les a faites, la dernière fois qu'il a débarqué à l'improviste. »

Ce n'est plus une brèche, c'est une faille qui s'ouvre. Du reste, Serge en est tout à fait décontenancé. Il ne s'attendait pas à ça. Dans son interrogation entraient de la sympathie et le désir d'entamer une discussion puisqu'ils sont voués à rester un bout de temps dans cet habitacle et que le sommeil est loin de les gagner, mais il n'envisageait pas que cette femme viderait son sac, encore moins avec une telle rapidité. D'autant plus que, d'habitude, les femmes sont plutôt soupçonneuses avec lui, elles le voient venir. Ou bien elles ne lui confient rien de personnel, ayant trop bien compris que ce n'était pas son affaire. Pourquoi celle-ci se sent-elle autorisée à se découvrir de la sorte ? Est-elle très impudique ? Ou très malheureuse ? Ou se peut-il qu'il inspire confiance ? Se peut-il qu'il soit rassurant ?

« Du coup, je suis allée porter plainte à la police. Et j'ai demandé une mesure d'éloignement contre lui. Quand il sera mis au courant, ça va le rendre dingue. C'est pour ça que je me carapate avec les enfants. Il vaut mieux être hors d'atteinte, vous voyez. »

Maintenant qu'elle a commencé, pas question de s'arrêter en chemin. Mais, en réalité, c'est facile. Le plus dur, c'était de prononcer les tout premiers mots. Désormais, ça déroule. Ça se dévide comme une pelote. Et il est exact que ça fait un bien fou. Même si elle admet que, pour son camarade de voyage, l'effet doit être très différent, et, en l'occurrence, plus inhibant. Parce que qu'est-ce que tu veux dire après ça ?

(En même temps, après ça, il ne risque plus du tout d'avoir envie de la draguer. Au moins, cette ambiguïté est levée et c'est heureux. Qu'au moins, son infortune serve à décourager les ambitions. Pour autant, elle n'insiste pas. Elle ne dit pas, dans le détail, les coups et les blessures. Elle ne dit pas la main qui se lève et qui retombe, plusieurs fois, les baffes dans la gueule, elle ne dit pas la lèvre qui se fend un jour, rare stigmate visible de ses déferlements de bestialité, parce que jusque-là, elle aurait juré qu'il s'arrangeait pour ne pas laisser de traces, pas laisser de preuves, et elle, trop conne, qui ira raconter qu'elle s'est bêtement cognée contre une porte de placard, les mensonges que ça vous fait inventer, la honte, elle se contente d'évoquer ce matin où il la projette contre un mur et où il l'étrangle, où il serre les doigts autour de sa gorge pour qu'elle ait mal, pour qu'elle s'étouffe, pour qu'elle meure, et relâche au tout dernier instant, rattrapé peut-être par la conscience de sa folie ou plus sûrement par la peur de la prison, elle ne dit pas les insultes, les mots grossiers, les mots abjects, parfois plus coupants encore, elle se doute que l'autre n'a pas envie qu'elle lui *fasse un dessin*, il est déjà suffisamment effaré.)

« Ne répondez rien. Il n'y a rien à répondre, de toute façon. À votre place, je ne saurais pas m'en dépatouiller non plus. »

Elle a préféré le délester de son embarras, lequel était de plus en plus visible. Et ça marche puisqu'il pousse un soupir de soulagement et arbore un sourire affolé mais reconnaissant.

« Sinon, vous, Serge Gainsbourg, c'est quoi, votre secret inavouable ? »

20.

Hugo, Dylan et Leïla pourraient se dire : cette société ne nous attend pas, elle ne nous fera pas de cadeaux, l'époque est même hostile, on va galérer à trouver notre place, on ne nous proposera pas de CDI, peut-être même pas de CDD, peut-être même pas de stages. Ils pourraient ajouter : la planète est foutue, les ouragans, les inondations, les incendies se multiplient, la fonte des glaces s'aggrave, la viande est industrielle, les pesticides sont partout, on s'empoisonne chaque jour. Ils pourraient surenchérir : ce monde est fou, les guerres prolifèrent, des dingues dirigent des empires, des terroristes décapitent des innocents à la machette, des dieux méchants gouvernent les esprits. En réalité, ils se disent tout cela, ils y pensent même régulièrement, mais pas ce soir, pas maintenant, pas dans cette nuit printanière, pas dans ce compartiment mouvant. Non, ce soir, ils ont juste envie d'osciller au rythme du train qui les conduit vers des sommets, vers des ailleurs.

Ils n'ont pas vraiment de passé, ou l'ont déjà oublié. Ils s'en souviendront plus tard, quand ils seront des adultes, le regretteront peut-être, en parleront comme d'un temps béni, ou seront bien contents de s'en être dépêtrés, mais là, tout de suite, il n'existe pas. Si bien qu'échappant à la nostalgie, ils échappent aussi à la mélancolie.

Ils ne songent pas à leur avenir. Pour eux, le temps des contraintes n'est pas encore venu, avec son cortège de devoirs, de normes, ou d'inquiétudes. Ils peuvent encore se laisser guider par la légèreté, s'adonner à l'indolence, céder à l'optimisme. Ils peuvent encore croire le bonheur possible et partir à sa recherche.

Ainsi, seul compte l'instant présent.

Hugo pense à cette chemise à jabot qu'il a repérée dans une friperie de la rue des Archives, s'en veut de ne pas l'avoir achetée tout de suite, en plus elle n'était pas chère du tout, c'est idiot, d'où lui est venue cette hésitation, d'accord il fait attention avec l'argent en dépit des apparences, mais enfin c'était quoi ? le prix de deux menus Big Mac ? pourquoi il n'a pas craqué ? et quand ils rentreront la semaine prochaine il sera sans doute trop tard, elle aura été vendue, est-ce qu'ils ont des friperies dans les Alpes ? il en doute, et en Italie ? puisque Manon leur a promis de passer la frontière, les Italiens ils sont doués pour les fringues, avec un peu de chance il y dénichera une pépite.

Leïla pense à son père, qui n'est jamais allé à la montagne, il préfère la mer, il prétend que ça ne s'explique pas, c'est dans les gènes, dans les siens il y a la mer et le soleil, et encore mieux, des palmiers ou des pins parasol. Résultat, elle n'y est jamais allée non plus à la montagne, ça va être une découverte, les Alpes. On lui a parlé du massif des Écrins et rien que le nom la fait rêver. Ça va la changer du béton de Nanterre, du béton tout court, depuis toujours le béton est dans sa vie. Là-bas, ce seront des vraies pierres, de la roche, un monde minéral. Ça va la changer de la pollution parisienne. Là-bas, l'air sera pur, elle n'est pas certaine d'avoir déjà respiré de l'air pur.

Dylan, casque vissé sur la tête, Julien Doré dans les oreilles, pense à Manon. C'est plus fort que lui. Il la sait juste à côté, dans le compartiment voisin, occupée à tchatcher avec des vieux et ça l'énerve un peu. Cela étant, proche et inaccessible à la fois, voilà qui ressemble sacrément à sa vraie-fausse copine ! Il aimerait mieux qu'elle soit avec eux, avec lui, allongée sur sa couchette, à portée de regard, à portée de bras, c'est quand même le but de ce voyage, passer du temps ensemble, dormir dans le même espace, il a envie de cette promiscuité parce que la promiscuité, ce n'est jamais très loin de l'intimité. Il voudrait retrouver son corps, son odeur, la douceur de ses hanches, tout ce qu'elle lui a offert puis repris. Ce chalet paumé dans les hauteurs lui en fournira peut-être l'opportunité.

En attendant, son attention est attirée par une forme dessinée sur la vitre sale. S'approchant du carreau, il se rend compte qu'il s'agit d'un cœur. Il trouve ça con. Il en est ému pourtant. Et juste après, il trouve ça con d'être ému.

21.

« Ça vous gêne, ce que je vous ai dit ? Sur moi ? »

Alexis se rend compte qu'on ne devrait peut-être pas balancer sa sexualité à des étrangers dans des trains. D'ailleurs, d'ordinaire, il est discret sur le sujet, non pas qu'il en ait honte, c'est précisément parce qu'il n'en a pas honte qu'il a été capable d'affronter ses parents jadis, mais il sait que tout le monde n'est pas à l'aise sur la question. Il sait aussi qu'il est préférable d'avoir atteint un certain degré de familiarité avec les gens pour leur confier des éléments personnels. Mais bon, l'autre l'interrogeait sur les raisons des dissensions avec sa mère, il n'allait pas tourner autour du pot. Et maintenant, le jeune homme a l'air tout penaud, c'est malin.

« Non, pourquoi ça me gênerait ? »

Et juste après, il se tord les mains jusqu'à les blanchir, ce qui tend à démontrer qu'il pense exactement le contraire. Il est urgent de changer de sujet.

« Et vous alors ?

— Comment ça, moi ? »

Cette fois, le rouge lui est carrément monté aux joues. Alexis comprend, mais trop tard, qu'il a mal formulé sa question et qu'elle pourrait être mal interprétée. Il se rattrape aussitôt.

« Eh bien, on a fait ma généalogie et pendant ce temps je ne sais rien de vous. Vous êtes de Briançon ? »

Le soulagement, en face, est visible. Presque trop.

« Oui. »

Un oui suivi d'une si longue expiration qu'il reste en suspens, au point qu'Alexis se voit obligé d'enchaîner.

« Et vous faites quoi dans la vie ? »

Victor se reprend.

« Moniteur de ski l'hiver, de rando l'été. Et je joue au hockey dans l'équipe locale.

— D'où les radios.

— D'où les radios. »

Ils se sourient, trop heureux d'avoir récupéré le fil d'une conversation normale. Sauf que c'est un silence qui s'installe, comme si, tout de même, la normalité ne suffisait pas.

Alexis en profite pour cogiter, comme on le fait quand on reçoit une nouvelle information. Et en vient à penser que, parfois, les gens ont le physique de ce qu'ils font : avec sa carrure de sportif, sa blondeur, ses yeux bleus, son air sain, Victor colle presque trop bien aux représentations et aux clichés issus de son métier et de son activité. À croire qu'il a obéi à une forme de prédestination, d'assignation. Alexis chasse cette idée.

« Je n'avais jamais rencontré un joueur de hockey jusque-là…

— C'est drôle : c'est pile ce que ma fiancée m'a dit quand on s'est rencontrés, elle et moi. »

Victor a saisi la balle au bond. On jurerait même qu'il a souhaité au plus vite affirmer à son tour à quel camp il appartient. Pas certain néanmoins que ce souvenir, surgi d'un drôle d'inconscient, soit de nature à dissiper toute ambiguïté.

« Fiancé, donc ?

— C'est une expression. Disons que j'ai une petite amie. Mais ça fait cinq ans maintenant. »

Et d'un coup, d'un seul, il devient intarissable.

« Ellc avait été embauchée comme serveuse dans le même restaurant que ma mère. J'ai fait sa connaissance un jour où justement ma mère m'avait demandé d'aller la chercher parce que, soi-disant, elle avait des trucs à transporter. Je dis "soi-disant" parce que j'ai appris plus tard qu'elle avait inventé ce prétexte, qu'en fait elle avait arrangé un rendez-vous, il faut dire qu'elle n'arrêtait pas de parler de moi, de vanter mes mérites, elle a toujours été fière de moi, et je suis le petit dernier, j'imagine que ça a joué. Résultat, un jour Claire a demandé à voir ma photo, Claire c'est ma fiancée, et elle a dit : "On peut le rencontrer, ce joli garçon ?" Je reprends son expression, je ne parle pas de moi comme ça, évidemment. C'est comme ça que ça a commencé. On s'est installés ensemble il y a trois ans, et maintenant elle voudrait qu'on se marie, qu'on ait un bébé. Moi, je dis qu'on n'est pas obligés de faire comme tout le monde et qu'on a tout le temps, mais bon je vois bien qu'elle s'impatiente, et mes parents aussi, surtout que mes frères ils ont déjà une femme et des enfants, pour eux tous c'est ça une vie réussie, et je comprends. On verra. »

Alexis a écouté Victor sans l'interrompre et compris que Victor n'a pas choisi grand-chose, qu'il s'est laissé porter par les événements et guider par les femmes.

Il trouve que tout cela manque un peu de ferveur, et d'originalité. Mais qui serait-il pour juger ? Et pour faire la leçon ? Chacun trouve son équilibre comme il le peut. Cependant, ça l'intéresse que Victor, pour la première fois, n'ait pas envie d'obtempérer, de faire ce qu'on attend de lui. C'est toujours intéressant, la résistance.

« Et vous, vous avez quelqu'un ? »

La question, qui le tire subitement de ses pensées, fait presque sursauter Alexis. À l'évidence, elle lui est posée par correction, par politesse, comme pour rétablir la balance. À moins que la timidité qu'il surprend dans le regard ne soit le signe d'une véritable curiosité.

« J'avais quelqu'un. »

22.

Ils sont seuls désormais dans le couloir. Le médecin a regagné sa cabine avec son compagnon de voyage, on entend seulement le bruit étouffé de leur conversation par la porte entrouverte et de l'autre côté, les vieux ont l'air d'avoir sympathisé avec les jeunes. Il ne reste qu'eux deux, et, par-delà la vitre, les lumières d'une ville lointaine, puis la silhouette imposante et inquiétante de pylônes électriques, plantés en plein champ, éclairés par une lune toujours aussi claire. Alors Serge peut s'enhardir.

Car se confier représente pour lui une forme de courage, il a tellement l'habitude de s'en tenir à la surface, de parler de la pluie et du beau temps, des impôts ou du gouvernement, forcément pour s'en plaindre, de débiter des blagues salaces ponctuées de rires un peu trop gras, vu qu'à la fin ce qui compte c'est de refourguer sa marchandise, oui il est tellement habitué aux mots sans importance que les mots qui comptent lui font peur, il est tellement habitué à surjouer la bonne humeur qu'il n'envisage jamais de laisser filtrer ses angoisses. Et des angoisses, il en a.

Bien sûr, elles ne font pas le poids face à l'épreuve que Julia traverse, les coups qu'il reçoit ne laissent pas de marques sur le corps, les menaces qu'il subit ne sont pas physiques, la violence qui s'exerce sur lui n'est ni patente ni imminente, le combat qu'il mène n'est pas aussi inégal mais qui sait si, à la fin, il ne s'agit pas de la même peur, et qui sait si, à la fin, il ne dresse pas le même constat : c'est sa vie aussi qui est en train de s'écrouler, sans qu'il sache s'il sera capable de s'y opposer, et plus tard de la reconstruire.

« Il y a de grandes chances que je perde mon boulot bientôt. La direction a annoncé un plan social, les ventes ont reculé et c'est la troisième année de suite, il faut dire que notre gamme a vieilli, on n'a pas su la renouveler, et les clients achètent de plus en plus sur Internet, de toute façon ils n'ont plus autant d'argent à dépenser, et leur matériel ils le changent moins souvent, bref, la boîte perd de l'argent, il faut "stopper l'hémorragie", ils ont dit, les gens du siège. Dans ces cas-là, on sait comment ça se passe, on taille dans les dépenses, et ce qui coûte le plus cher c'est les salaires, alors ils vont réduire les effectifs, et les premiers qui vont morfler, c'est nous, les représentants, ils considèrent qu'on ne sert plus à grand-chose, ils prétendent que les revendeurs n'ont plus besoin de nous pour commander ce qu'il leur faut, on est comme des dinosaures. Alors je vais faire pleurer personne, surtout pas vous qui avez quand même des problèmes plus graves, rapport à votre ex-mari, et ça arrive à plein de gens de se faire lourder, c'est même devenu la chose la plus ordinaire, mais bon, on espère que ça n'arrivera qu'aux autres, et quand ça vous tombe dessus je peux vous dire que ça fait un choc. On se dit : qu'est-ce qui va se passer maintenant ? Surtout que moi, j'ai quarante-six balais, c'est clairement pas un bon âge pour dégoter un nouveau boulot, et j'ai toujours été représentant, je ne sais rien faire d'autre, rien. C'est pas leurs formations à la con qui vont me donner des billes, on a d'ailleurs bien compris qu'ils nous les proposaient pour préparer les reclassements, mais on va se reclasser où ? Si vous ajoutez que j'ai le crédit de la maison sur le dos et mon plus jeune qui va vouloir faire des études, vous comprenez que je suis mal barré. On va quand même assurer jusqu'au bout, en espérant ne pas être dans la fournée. Ah oui, parce que je ne vous ai pas dit, ils n'ont pas annoncé les noms des licenciés, alors on attend tous, même si on ne se fait pas d'illusions, mais cette attente c'est quand même un supplice, voyez. Bon, je ne vous embête pas davantage avec mes soucis. Mais comme vous m'avez demandé mon secret, Julia, voilà, je vous réponds. »

La jeune femme regarde Serge en s'efforçant de ne pas lui offrir le visage de l'apitoiement, cherchant plutôt à lui témoigner de l'affection. Elle n'est pas certaine de parvenir à une telle distinction. On est souvent si désemparé devant ce genre de nouvelles. On se sent impuissant, aussi. En tout cas, Julia, elle, se sent impuissante. Qu'est-ce qu'elle pourrait objecter ? « Ça va aller » ? « Tenez le coup » ? « Vous échapperez peut-être au couperet » ? « Vous retrouverez rapidement quelque chose » ? Non, elle ne va pas sortir ces phrases toutes faites et mille fois entendues, d'abord parce qu'elles sont toutes faites et mille fois entendues, ensuite parce qu'elles sont creuses, inefficaces, insuffisantes et qu'elles seront presque à coup sûr démenties par la réalité.

Serge la tire de ce mauvais pas en s'essayant à l'humour : « Heureusement, je suis sous antidépresseurs. Tout de suite, ça fait voir la vie en rose. D'ailleurs, je suis en train de penser que je vais bientôt être à court. Vous croyez que votre copain médecin me filerait une ordonnance ? »

23.

À la fin d'une partie, de nouveau remportée par l'équipe senior (mais les jeunes n'ont pas démérité, ils ont même enquillé quelques victoires éclatantes), Jean-Louis a dit : « Je sais pas vous mais moi, je suis un peu crevé, j'irais bien me mettre au lit et puis quel intérêt de prendre un train de nuit si on ne teste pas les couchettes ? » Tout le monde a acquiescé et s'est levé, les cartes ont été remballées précautionneusement dans leur étui, le papier où étaient inscrits les scores a été mis en boule et jeté à la poubelle.

(Il n'a pas dit : la chimio ça met par terre, le corps, à sa façon, rejette le traitement supposé le guérir, parce que ça modifie la composition du sang, ça aggrave l'anémie, il n'a pas raconté non plus les nausées, les vomissements, la perte d'appétit, les diarrhées et à la fin, l'incapacité à accomplir même les gestes les plus ordinaires, la sensation que tout est corvée, que la moindre activité exige une force surhumaine, il s'est contenté d'évoquer l'heure tardive mais est-ce que tout le monde n'a pas compris ?)

Et tandis qu'il ouvre la valise pour y chercher son pyjama, Catherine, après avoir pris soin de tirer les rideaux et de déposer sur sa couchette le plaid de voyage qu'elle a songé à emporter, raccompagne Manon et Enzo. Le chemin n'est pas bien long, ils ne risquent pas de se perdre en route mais, en réalité, elle tenait à les remercier pour leur compagnie. Elle a passé un moment agréable, et d'autant plus agréable qu'il était inattendu. Il lui semble même s'être ressourcée au contact de leur jeunesse. Cette Manon, avec son aplomb, lui a beaucoup plu. Et Enzo, si fier de ses convictions politiques, l'a réconfortée.

D'ailleurs, ils se sont si bien entendus qu'ils s'attardent dans le couloir, s'accrochant à la barre pour ne pas perdre l'équilibre car le train a pris de la vitesse, ce dont ils ne s'étaient pas rendu compte, enfermés dans leur bulle, concentrés sur leur belote. Catherine dit : « Ça a fait du bien à Jean-Louis, je le sais. Surtout, ça lui a changé les idées. Parce que, il n'y a pas à dire, le cancer, quand tu en as un, tu ne penses qu'à ça. Déjà, quand on t'apprend la nouvelle, ça te foudroie, il n'y a pas d'autre mot, la foudre te tombe sur la tête. Tout de suite après, on t'explique tous les examens, les traitements possibles, les protocoles, les stades de la maladie, c'est comme si tu entrais dans une lessiveuse et tu n'en sors plus. Il essaie de donner le change mais je connais mon mari, ça l'obsède, c'est normal, je ne lui reproche pas, on serait comme lui à sa place. Alors toutes les parenthèses sont bonnes à prendre. D'ailleurs, c'est pour ça qu'on a planifié cette semaine de vacances, c'est histoire de changer de décor, de ne plus tourner en rond entre les murs de l'appartement, de ne plus se focaliser sur le prochain rendez-vous à l'hôpital, c'est comme une récréation. En plus, on s'est lancés parce que c'est encore possible, il tient le coup, vous avez vu, même si la chimio le fatigue, mais combien de temps ça va durer, les docteurs nous ont expliqué qu'il passerait par des phases difficiles, surtout que la tumeur n'est pas opérable. C'est mal fichu, la vie, quand même. On venait juste de prendre notre retraite, on allait avoir du temps pour nous, on se disait : on va faire les choses qu'on n'a pas faites jusque-là, on imaginait des voyages, on a un peu d'argent de côté, on a été prudents toutes ces années, justement pour en profiter le moment venu et patatras, tout est tombé à l'eau quand il a senti cette grosseur sous son aisselle. J'ai tout de suite compris, lui il a voulu attendre le résultat de la biopsie, il espérait encore que ça ne soit qu'un kyste bénin, et tout s'est écroulé quand on a reçu la confirmation. Mais je ne sais pas pourquoi je vous embête avec ça, on vient de passer une bonne soirée, et je gâche tout. Vous êtes jeunes, les histoires de vieux et de malades, on doit vous les épargner. Je suis désolée. Quelquefois la tristesse ça nous rattrape, d'ailleurs souvent ça nous rattrape quand juste avant on a été joyeux, comme s'il y avait un prix à payer. Ça y est, voilà que je divague pour de bon ! C'est ce train aussi, on n'a plus nos repères, et du coup on se lâche, on ne fait plus attention. »

Manon regarde Catherine et lui dit : « Mais justement, tu as le droit de te lâcher, de ne plus faire attention, même si c'est pas longtemps, et surtout tu parles si ça te fait du bien, et tant pis pour les autres, qu'ils se démerdent, tout garder pour soi c'est le meilleur moyen que ça nous dévore. »

La sexagénaire s'étonne de constater tant de sagesse chez une jeune femme qui n'a pas vingt ans mais elle s'en réjouit. Si bien que, dans un élan incontrôlé, elle vient lui embrasser la joue. Enzo entre aussitôt dans le jeu : « Et moi, j'ai pas le droit qu'on me claque la bise ? » Catherine éclate de rire : « Non, toi, tu as droit à une accolade, camarade ! »

24.

« Vous préférez peut-être qu'on discute d'autre chose ?

— Non, il y a prescription. Et puis, quand on y songe, c'est très banal, une séparation. »

Alexis ne voit pas d'inconvénient à raconter cette rupture. Il en est capable désormais, les mois ont passé et il a trouvé les mots pour en parler, et ça lui fait beaucoup moins mal, grâce aux mois et aux mots précisément.

En revanche, il est surpris que Victor souhaite s'aventurer sur ce terrain. Car il ne faut pas s'y tromper : sa question, faussement ingénue, n'était en rien une retraite mais bien un encouragement à poursuivre. Cherche-t-il à percer un mystère ? À savoir si les homos s'aiment comme les hétéros ? Est-il à ce point naïf ? Ou se renseigne-t-il sur le couple, sur son usure, sur son épilogue, lui qui semble freiner des quatre fers dans le sien ? Ou encore tente-t-il un rapprochement avec cet étranger qui l'intrigue ? Ou tout simplement n'a-t-il pas sommeil ?

« Nous étions ensemble depuis six ans. Nous nous sommes rencontrés de la manière la plus prévisible et caricaturale qui soit : il est venu consulter au cabinet parce qu'il habitait juste à côté et… et j'ai eu envie de coucher avec lui presque tout de suite. Il faut dire que j'ai commencé par l'ausculter et que son corps ne m'a pas laissé de marbre. C'est assez courant chez les pédés, il paraît, de commencer par le sexe, et à l'époque je n'échappais pas à la loi du genre. Alors je sais ce que vous allez me dire : un médecin n'est pas supposé coucher avec ses patients, et vous auriez raison, mais ça m'est arrivé juste cette fois, et sans doute parce que j'ai compris d'emblée que ce n'était pas qu'une histoire de désir. En réalité, il émanait de lui une malice, une intelligence et une énergie qui m'ont séduit encore plus que son cul. Je n'imaginais pas que nous allions finir par former un couple mais j'imaginais déjà des conversations, des moments à deux et sans se lasser, de la complicité, je me suis dit que ça devait être ça, tomber amoureux. Je ne me trompais pas. Il y a eu tout ça, et plus encore : de la folie, des nuits blanches, des voyages, des joutes et des silences, des matins calmes et des dîners alcoolisés, enfin tout ce qui fait que vous ne voyez pas le temps passer. Et c'est exactement ce qui s'est produit, je n'ai pas vu le temps passer. Je n'ai pas vu non plus que lui commençait à se lasser, qu'il avait fait le tour de la question, que son appétit s'était émoussé, que les choses étaient devenues mécaniques. Ç'a été mon erreur et mon drame : l'aveuglement. Il était plus jeune que moi, de sept ans, et il a dû se dire : si je continue, je sais exactement ce qui va se passer alors que si j'arrête, tous les possibles vont se rouvrir, je connaîtrai d'autres histoires, d'autres corps, je pourrai réarmer le désir. C'est tout bête, je ne lui suffisais plus, je ne le comblais plus.

— Donc, c'est lui qui est parti ?

— Oui, de la manière la plus simple et la plus inattendue. Un dimanche soir, je suis allé l'attendre au bout du quai à la gare Montparnasse, comme je le faisais chaque fois qu'il rentrait d'un week-end chez ses parents, à Nantes. Je l'ai vu remonter le quai dans ma direction. Il marchait lentement, il me fixait. Comme d'habitude. Et, là, en l'espace de quelques secondes, tout m'a semblé anormal : il marchait trop lentement, son regard était triste, pas sombre ni colérique, non, triste, et j'ai compris. J'ai compris qu'il allait me quitter. Qu'il m'avait déjà quitté. Que sa décision était prise. Il avait fallu Nantes, peut-être, et la distance, ou le reflux du passé mais c'était irrévocable. Il n'y aurait pas de demi-mesure, pas de compromis. Il dépendait juste de moi que ça se passe calmement ou pas. Et j'ai opté pour le calme, par réalisme. Oui, c'est curieux mais on peut parfois se montrer réaliste en amour. Je n'ai rien dit. Rien du tout. Pendant tout le trajet du retour, dans le taxi, nous n'avons pas échangé un mot. Arrivés à l'appartement, nous nous sommes couchés dans le même silence. Et le lendemain matin, il est parti. Il a juste dit : je repasserai prendre mes affaires dans la semaine, un matin où tu n'es pas là, et je laisserai la clé en partant, sur l'îlot de la cuisine, et c'est exactement ce qu'il a fait. »

25.

« Voyez, c'est ça que j'aime dans les trains. C'est qu'un type comme moi n'aurait jamais rencontré une femme comme vous sinon. »

Serge n'a pas tort : si l'on s'en tient aux probabilités, la possibilité que leurs trajectoires se croisent était à peu près nulle. Ils habitent dans des villes très éloignées, exercent des professions sans connexion entre elles, appartiennent à des générations différentes, ne partagent pas les mêmes références culturelles, sans doute pourrait-on énumérer de nombreux autres motifs d'incompatibilité et cependant, les voici qui conversent et même se découvrent une connivence, tout cela parce qu'un concours de circonstances, une somme de bifurcations, une succession de décisions, une profusion d'incidents ont fait que leurs existences ont soudainement concordé dans l'espace et dans le temps. Il aurait pu prendre le train d'avant, elle aurait pu choisir une destination différente pour sa fuite, les vacances de Pâques auraient pu commencer plus tôt ou plus tard, le système informatique de la SNCF aurait pu les assigner à des voitures distinctes, on n'en finirait plus de dresser la liste de tous les aléas qui auraient pu faire que jamais ils ne se rejoignent mais voilà, ils se tiennent côte à côte dans ce couloir.

S'ils devaient songer à l'enchaînement des causes et des effets qui a produit leur rencontre, à la cascade des situations fortuites, ils seraient abasourdis. Mais ils se contenteront de saluer la providence. Serge, au moins. Car, pour lui, il s'agit d'un enchaînement heureux. En tout cas, ils n'évoqueraient pas une fatalité, parce qu'ils se félicitent d'avoir échappé, ne serait-ce que pour quelques heures, à leur solitude et à leur désarroi l'un grâce à l'autre et parce qu'à cette minute, ils ignorent qu'elle finira par avoir sa place dans l'histoire, cette saloperie de fatalité.

Serge poursuit : « Et vous savez ce que j'aime encore plus ? C'est les trains de nuit. Parce que, dans les trains de nuit, on dit des trucs qu'on ne dirait pas autrement. »

En fait, il a besoin de résumer leur situation, de mettre des mots sur ce qui leur arrive. Pour se prouver que ça existe. Pour justifier, sans doute aussi, comme si elle en avait besoin, leur hardiesse inhabituelle. Mais avant tout pour constater et montrer qu'il n'est pas que ce type fruste, un peu va-de-la-gueule, juste bon à placer de la marchandise et à amuser la galerie ; il peut faire preuve de finesse lui aussi, et de sensibilité. Pour souligner que, de son côté, elle n'est pas que cette assistante dynamique perchée sur des talons hauts et qui traverse les jours avec un sourire impeccable ; elle est aussi une femme éperdue qui prend ses jambes à son cou.

Serge veut parler des apparences et de ce qu'il y a derrière. Et derrière, il y a presque toujours des êtres cabossés. Il veut parler des discours qu'on tient et des secrets qu'on dissimule. Il veut dire qu'ils sont des gens simples, des gens ordinaires mais que ça ne les empêche pas, de temps en temps, d'avoir du mal avec la vie.

Julia l'a bien compris, qui lui adresse un sourire d'approbation. Et tout en faisant mine de lever un verre et de trinquer, elle lance : « Alors, remercions le hasard et la nuit. »

Elle ajoute : « D'ailleurs, vous saviez que le hasard, à l'origine, était un jeu de dés ? Je fais ma maligne, en réalité je suis au courant parce qu'un jour, dans une émission, j'ai invité un spécialiste du sujet. »

Mais qui a lancé les dés ? Eux ou une divinité facétieuse ?

Puis elle se rapproche de la porte de son compartiment. Derrière la vitre, son fils s'est endormi avec, entre les mains, son iPad resté allumé tandis que sa sœur paraît éprouver les plus grandes difficultés à s'intéresser au livre ouvert sur ses genoux. Elle les observe avec un mélange de fierté et de mansuétude. Machinalement, elle éteint la lumière du plafonnier de sorte que ne subsiste que la lueur des veilleuses. On dirait bien qu'il est temps de retourner dans le terrier, le refuge.

Serge, qui s'en rend compte, fait un pas en arrière et lance, timidement : « Il ne me reste plus qu'à vous souhaiter une bonne nuit. » Mais, juste avant de prendre congé d'elle définitivement, il ne peut résister à l'envie de lui poser une question qui le taraude, une question toute bête et sans réelle importance mais ce sont souvent celles-ci qui nous poursuivent : « Je peux vous demander ce que représente votre tatouage ? »

Aussitôt, elle jette un coup d'œil à l'intérieur de son poignet et sourit : « Ah, ça ? C'est ce qu'on appelle un *old school*. Je voulais un mélange de fleur et de flamme, en couleurs. Un peu cliché, j'avoue et pas très réussi… Aujourd'hui, je ne le referais sans doute pas. Mais sur le moment… » Elle caresse délicatement de la main cette parcelle de sa peau, dessinée. « J'avais vingt ans, je traînais avec des bébés rockeurs. » À son regard songeur, traversé d'espièglerie, il comprend qu'elle se souvient d'une jeunesse turbulente et insouciante, où elle était joyeuse ; heureuse peut-être. Où elle agissait sur un coup de tête ; par amour, probablement et tant pis si ça n'en était pas puisque ça y ressemblait.

Et puis la réalité la rattrape : « Après, il y a eu le mari, les enfants. »

Et l'espièglerie se voile : « C'est si loin, tout ça. »

En tirant sur sa manche, presque effarouchée, elle souhaite bonne nuit à Serge, à son tour.

26.

Il est 23 heures largement dépassées. La nuit est très profonde et aucune lueur ne vient la contrarier. L'Intercités traverse une France inhabitée, des champs à perte de vue ou des forêts dangereuses.

Catherine patiente à côté de la porte des toilettes, tout au bout de la voiture, face aux portes battantes qui la conduiraient à la prochaine voiture si elle avait l'idée de s'aventurer là où se jouent d'autres existences, où se sont produits d'autres rapprochements mais qu'elle n'ouvrira pas, précisément parce que ces portes représentent une frontière menant à une terre étrangère, à un monde dans lequel elle n'aurait pas sa place. Elle perçoit juste une voix assourdie, une voix qui dit : « Il vaut mieux ne pas être claustro. »

Elle se tient là, brinquebalée par la vitesse, et tout à coup, se demande comment fonctionne ce train. Quelle question à se poser, à une heure pareille ! Une question qu'elle ne s'était jamais posée auparavant, de surcroît. C'est cette vitesse qui l'a fait germer, à coup sûr, et la peur qu'elle a soudain bêtement ressentie, comme si le moteur pouvait s'emballer et le convoi sortir de ses rails. D'ailleurs, elle s'interroge sur la mécanique de ce fichu moteur, elle sait que ça a à voir avec les câbles électriques auxquels le train est relié mais elle est loin d'imaginer, comme l'écrasante majorité des gens, que l'électricité captée par un pantographe traverse un disjoncteur, puis subit une transformation de ses caractéristiques physiques, sa tension, sa fréquence au sein d'un transformateur, d'un redresseur et d'un onduleur, avant d'atteindre le moteur de traction, où elle est convertie en énergie mécanique, et puisqu'elle n'obtiendra pas de réponses à ses interrogations saugrenues, elle s'adosse à la porte d'accès, c'est encore le plus sûr moyen de lutter contre cette instabilité, de ne pas perdre l'équilibre.

Au loin, elle repère Hugo, qui sourit béatement devant l'écran de son téléphone. Ce qu'elle ignore, c'est qu'il vient de recevoir un *nude* de celle qui est un peu sa copine du moment. Elle n'est pas très au fait, de toute façon, de ces intimités qui se livrent sans retenue, sans réfléchir aux possibles conséquences, ni de cet aplomb de la jeunesse qui parfois confond la liberté et l'impudeur et qui s'en fiche.

C'est alors que Julia, venue faire un brin de toilette avant de se coucher, la rejoint. Les deux femmes, qui se sont aperçues mais pas adressé la parole jusque-là, se sourient aimablement, comme on le fait quand on n'a rien à se dire et qu'on va devoir passer quelques instants côte à côte. Mais comme l'occupant des toilettes tarde à les libérer, Catherine s'enhardit.

« J'ai cru entendre tout à l'heure que vous travaillez pour la télé. »

Julia force légèrement son sourire ; ça recommence, pense-t-elle, elle n'y échappe décidément jamais.

« Catherine Ringer, vous l'avez déjà rencontrée ? »

La jeune femme ne peut réprimer sa surprise. Voilà un nom jamais proposé. Elle acquiesce, se souvenant de l'avoir invitée pour un live, où elle avait mis le feu au plateau.

« Elle est comment ? J'étais fan des Rita quand j'avais vingt-cinq ans. D'ailleurs, on doit être à peu près de la même année, elle et moi. Je suis peut-être un peu plus jeune. Sacrée bonne femme, non ?

— Sacrée bonne femme, en effet. »

Julia ne trouve rien à ajouter, frappée, malgré elle, de constater que cette retraitée dans le train, avec sa robe à fleurs pas franchement à la mode et la chanteuse ont « à peu près » le même âge. Elle n'en déduit rien sur le temps qui passe, elle a bien saisi qu'il passe, le temps, mais plutôt sur la façon dont le destin distribue les cartes.

Et puis, en observant Catherine de plus près, parce qu'intéressée par elle, elle se rend compte tout à coup qu'elle lui rappelle sa mère ! Même génération. Même entrain. Mêmes vêtements. Une ressemblance, vague certes, mais réelle, la couleur des yeux, le trait de la bouche, la disposition de la chevelure. Elle en est aussitôt attendrie. Car elle aime sa mère. Ce sont des choses qui arrivent. Elle aime celle qui, d'éternité, accueille ses désarrois, sans jamais les juger. Et qui l'attendra demain sur le quai de la gare de Briançon, comme toujours. Son sourire s'agrandit. Comment pourrait-elle deviner qu'elle-même ne s'y présentera pas, sur ce fichu quai ?

C'est à ce moment que la porte des toilettes s'ouvre. Leïla en sort. Elle a défait ses cheveux, elle est très belle. Catherine et Julia devraient le lui faire remarquer, à elle qui est convaincue qu'elle ne peut pas plaire. Mais vous savez ce que c'est, il faut s'avancer pour pousser la porte que l'autre retient et prendre sa place, il faut s'écarter un peu pour la laisser se faufiler afin qu'elle regagne sa couchette, et on ne dit rien, le compliment ne sera pas formulé, ça lui aurait fait du bien pourtant à Leïla, ça l'aurait rassurée, l'occasion sera manquée, la vie quelquefois c'est des occasions manquées.

27.

Le silence s'est installé, sans qu'on soit capable de déterminer si sa texture est celle de l'embarras ou de la complicité. Chacun, machinalement, regarde dans une direction opposée, Alexis vers la vitre et la nuit enveloppante, Victor vers la porte fermée et sa promesse de discrétion. C'est le cadet qui reprend la parole, avec un peu de sa pudeur brouillonne.

« Je peux vous poser une question ?

— Je vous en prie.

— Vous l'avez su quand ?

— Su quoi ?

— Que vous étiez…

— Homosexuel ?

— C'est ça, homosexuel. »

Alexis redevient pour quelques secondes le médecin dont le visage ne doit trahir aucune émotion quand on touche aux sujets délicats. Il présume qu'elle n'a pas été facile à formuler, cette question, qu'elle a exigé un certain courage, et il ne faudrait pas qu'il donne l'impression de l'évaluer, encore moins de l'interpréter.

« Très vite, à onze ans. Je suis tombé amoureux d'un garçon en 6e. »

(À cette simple évocation, il convoque une image mentale, curieusement cinématographique, celle de ces petits films de vacances où l'image tangue et saute : le garçon en question apparaît dans des couleurs sépia, marchant d'un pas assuré dans les allées du Jardin d'acclimatation, avant de se retourner et de sourire.)

« Alors j'aurais pu me dire que ça ne signifiait rien : ça pouvait être transitoire et je n'éprouvais pas de désir physique, en tout cas je n'avais pas les moyens de passer à l'acte, et pourtant j'ai compris que c'était décisif, et que ça ne changerait pas, que c'est vers eux, mes semblables, que j'irais, toute ma vie. Ne me demandez pas comment j'ai compris. Je sais juste que j'ai compris. »

Victor, pour toute réaction, opine du chef, comme un acheteur de bagnole dirait au vendeur : je crois que je vais la prendre. En réalité, cette bizarre approbation masque une évidente tempête intérieure et la masque si mal qu'Alexis choisit de s'en emparer, et ce de la manière la plus audacieuse et radicale qui soit.

« Et vous, vous avez su quand ? »

Si le silence a un poids, celui qui s'abat entre eux pèse des tonnes.

Dans ce silence, et le regard fixe, figé qui l'accompagne, toute la gamme des sentiments défile. La stupéfaction d'abord : comment ce toubib ose-t-il ? Le déni ostensible ensuite : de quoi parle-t-il ? La colère à peine contenue : qui est-il pour balancer des insanités pareilles ? L'affolement involontaire : comment voit-il ça chez moi ? La terreur : mais si lui le voit, d'autres doivent le voir aussi. Le vacillement : et si sa question n'était pas infondée ? La concession : bien sûr, elle n'est pas totalement infondée. L'orgueil : mais non, qu'est-ce que je raconte ? Le vacillement de nouveau : ça fait si longtemps que je traîne ce boulet. La honte : j'aurais peut-être dû affronter cette situation au lieu de l'esquiver. La honte encore : qu'est-ce que les gens vont penser de moi ? La honte toujours : j'ai louvoyé. L'accablement : ce n'est pas une délivrance, c'est encore une souffrance, c'est juste un autre genre de souffrance. La tristesse : pourquoi c'est si difficile d'être en accord avec soi-même ? La supplication : cet homme qui me met au défi, est-ce qu'il peut m'aider ? La peur : est-ce qu'il va me dénoncer ? La lucidité : et si je parlais, si je parlais enfin ?

« Je ne sais pas si je sais. Je crois que je ne veux pas savoir. »

Alexis se répète les mots de Victor calmement dans sa tête.

Je ne sais pas si je sais. Je crois que je ne veux pas savoir.

L'aveu lui semble magnifique, parce qu'il est un aveu. Et terrible parce qu'il raconte une lutte terrible.

Il devrait se taire, abandonner l'autre à son ambiguïté, d'autant que les mots ont été prononcés comme une sentence définitive, de celles qui ne se contestent pas. Il décide cependant de passer outre, s'adressant aux yeux bleus immobiles et grands ouverts.

« Sauf qu'en disant ça, vous venez de dire qu'en réalité, vous savez. Et que vous vous mentez. Non ? »

Victor persiste à fixer Alexis et, n'en pouvant plus, finit par baisser la tête.

(Bien sûr qu'il sait, il sait même depuis des années, il en a été dévasté quand il en a eu la révélation, alors il a d'abord considéré qu'il se trompait – on lui avait tellement inculqué les vertus de la virilité, c'eût été déchoir – et quand ça n'a plus été possible, il a fait comme si ça n'existait pas, comme si ça n'était pas là, il suffisait de fermer les yeux quand ça devenait trop aveuglant, il suffisait de se taire, de se mordre les lèvres jusqu'au sang, le silence est devenu son meilleur allié, son plus sûr compagnon, et sa torture aussi, le mutisme s'est transformé en mutilation mais qu'importe, il est dur au mal, il suffisait d'inventer une réalité alternative dans laquelle cette malédiction n'existerait pas et c'est ce qu'il a fait.)

« Je préfère leur mentir, à tous, parce que c'est plus facile. Ou moins difficile. Et pour leur mentir, je dois commencer par me mentir. Vous comprenez ? Je préfère jouer leur jeu. »

Alexis est tenté d'approcher sa main de la tête baissée, de la tête vaincue, de glisser ses doigts dans la chevelure blonde mais il s'en empêche pour ne pas laisser croire à de la pitié ou à du désir.

« Je crois, moi, que vous avez décidé de ne plus jouer le jeu. C'est pour ça que vous dites non au mariage, non aux enfants. Et c'est pour ça que vous parlez cette nuit. »

Victor se redresse. Les yeux bleus ont rougi.

28.

L'Intercités n° 5789 traverse le parc du Morvan et personne ou presque ne s'en rend compte. Parce que la nuit recouvre la petite montagne bourguignonne et parce que le sommeil a déjà gagné une grande partie des voyageurs. Ainsi, on ne verra rien de ces formes arrondies semblables à des ventres de femme enceinte, rien des vallées encaissées qu'alimentent d'innombrables cours d'eau, rien des étangs ni des lacs où d'aucuns aiment aller pêcher le dimanche, rien des forêts de résineux où serpentent des sentiers de randonnée, rien des prairies où paissent des vaches, rien de ces haies de bocage qui brisent le vent ou fournissent le bois de chauffage, certains peut-être, envoûtés par l'entêtante oscillation, imagineront des plaines sans se douter qu'enterrées profond, sous ce calme apparent, il demeure des roches volcaniques.

Désormais, le silence l'a emporté.

Jean-Louis, vaincu par la fatigue, s'est endormi sans difficulté, cette nuit l'angoisse ne vient pas le visiter. Sur la couchette en face, de l'autre côté de l'étroit corridor, Catherine s'est elle aussi assoupie mais, à l'évidence, son inertie pourrait facilement être interrompue, au moindre bruit suspect, au moindre crissement des roues, au moindre coulissement d'une porte. Elle ne dort jamais bien quand elle est privée de son lit et l'étrangeté de la situation aiguise inconsciemment sa vigilance au point de lui interdire tout repos réparateur.

Serge, en revanche, pique un roupillon, à l'abri de son veston qui balance mollement de droite et de gauche, au-dessus du couloir central, sur un cintre accroché à un rail (ils ont pensé à tout à la SNCF). Il a sombré d'un coup. Est-ce la conséquence de sa semaine parisienne, des nuits courtes, des journées harassantes ? Est-ce l'effet des antidépresseurs ? Ou a-t-il tiré de sa conversation avec Julia une sorte d'apaisement qui lui aurait permis de se détendre un peu, enfin ?

Julia justement a, elle aussi, cédé à la somnolence, aidée en cela par ses enfants qui, de leur côté, ont plongé dans les bras de Morphée avec une aisance déconcertante, comme si le décor comptait pour rien, comme si le mouvement ne les importunait pas.

Les adolescents, quant à eux, demeurent éveillés. Certes, ils sont engourdis, pas vraiment flambards, la fumette est passée par là, mais ils ont tellement l'habitude de veiller tard, de livrer des joutes interminables, ou de se laisser hypnotiser par leurs écrans. Du reste, si on passe devant leur compartiment, les petits rectangles de lumière sont immanquables dans le noir. On pourrait même, en s'approchant, voir Enzo écrire des textos à une vitesse supersonique et s'étonner qu'une conversation si nourrie puisse se tenir à une heure aussi tardive et alors que ses auteurs sont probablement très vaseux. Voir Dylan et Hugo s'extasier (« Elles déchirent quand même, leurs séries, chez Netflix ! ») et râler de concert (« Putain, elle est pourrie, la connexion ! ») ou Leïla dodeliner de la tête parce que, dans ses écouteurs, Lady Gaga chante « Free Woman ».

Alexis et Victor ne dorment pas non plus. Ils sont pourtant étendus sur leur couchette respective mais aucune léthargie à l'horizon, ils conservent les yeux ouverts sur le vide, sur le lit du dessus. Victor est assailli de pensées contradictoires, il rumine ses aveux. Alexis perçoit son agitation. Il se sent responsable de son tourment.

Le train trace sa route. Non loin de là, Le Creusot.

Catherine, si elle était encore pleinement consciente, en parlerait, à coup sûr, avec émotion. La syndicaliste qu'elle n'a jamais cessé d'être raconterait ce bastion industriel, ravagé par la crise de la sidérurgie. Elle évoquerait les travailleurs qui ont lutté comme de beaux diables contre tous les démantèlements. Elle avait une vingtaine d'années, voyait leurs visages à la télévision, entendait leurs cris, elle s'est sentie proche d'eux et ça ne l'a jamais quittée. Aujourd'hui, les ateliers ont disparu au profit d'un parc de loisirs. Les halles où on construisait des locomotives sont devenues une bibliothèque. Et les cheminées qui dominaient la ville ont été détruites ; une seule est encore debout. Catherine dirait sans doute que cette cheminée est à la fois le symbole d'un passé glorieux désormais détruit et d'une résistance jamais vaincue.

Puis ce sont les environs de Cluny. Leïla, qui s'est connectée à Google Maps pour savoir où ils en sont de leur trajet, reconnaît aussitôt ce nom. En terminale, elle avait fait un exposé sur l'abbaye. À ceux qui s'étaient étonnés alors qu'une « rebeu » disserte sur un des hauts lieux de l'Europe chrétienne, elle avait répondu : « C'est pour faire rager les cons. » Et ça avait marché. Ce souvenir lui arrache un sourire.

L'Intercités traverse ensuite la Saône au sud de Mâcon. Les eaux de la rivière ont été gonflées par les fortes pluies du mois de mars, faisant craindre de nouvelles inondations dans cette ville si souvent submergée. Mais la crue a finalement été stoppée par le retour du soleil ces derniers jours. Les façades colorées des habitations ne seront pas endommagées. Les vignobles eux-mêmes ont été épargnés, ils pourront donner un bon raisin à l'automne prochain si la douceur persiste. Mais qui peut assurer que la douceur persistera ?

Le train contourne désormais Lyon. Pas question d'y entrer, on se tient à l'écart, on avance loin du tumulte, loin des hommes, avec une lenteur qui défie l'entendement et se moque de l'époque.

29.

Il aura fallu traverser ce bout de France, dans la pénombre, et dans l'introspection, pour que Victor soit enfin capable de s'arracher au lit, de se redresser, de pivoter, de poser ses pieds nus sur le tapis râpeux où tant de passagers ont marché avant lui et abandonné un peu de boue séchée, pour, en position assise, scruter le lit juste à côté, celui où un homme est étendu, le scruter comme on bloque une flèche entre ses doigts dans un arc tendu. Il aura fallu aussi un train de nuit, où peut se passer ce qui ne se passerait pas ailleurs, où ce qui se passe est voué à y demeurer, dit-on. Désormais il attend. Il attend que l'autre fasse exactement la même chose afin qu'ils se retrouvent face à face.

Les secondes qui s'écoulent, assez pour former au moins une minute, avant que le moindre mouvement ne se produise, lui semblent gigantesques, interminables. S'il en profitait pour renoncer ? Il peut encore retourner se blottir dans son lit, face à la cloison, les bras enroulés autour de son torse, et ce serait comme si cet acte fou n'avait pas eu lieu, comme si ce défi mourait à sa naissance. Il peut encore calmer la terreur qui s'est emparée de lui, cette frayeur primitive qui se rappelle à lui avec le cœur qui cogne, le sang aux tempes, le froid dans toute la carcasse mais est-ce que ce ne serait pas l'échanger contre une frustration ? Et la frustration est probablement plus cruelle, plus insupportable à la longue.

Il se tient dans cette confusion quand une lueur vient subitement illuminer son visage dans l'obscurité. Serait-ce le faisceau fugitif des phares d'une voiture dans la nuit, l'éclairage d'un lampadaire quelque part sur le bord d'une route toute proche ou l'éclat éphémère de la lune ? Alexis, en tout cas, en a profité pour se redresser à son tour.

Il ne faut pas croire : cela n'a pas été si évident. Il aurait été plus facile, bien plus facile de demeurer immobile, de laisser le jeune homme à ce qui le dévore, à ce qui le dépasse. Il n'a pas vocation à jouer les pygmalions, à être celui qui révèle, celui qui affranchit, celui qui métamorphose, et il n'est même pas certain que ce soit la chose à faire. Il se demande légitimement s'il ne s'apprête pas à causer plus de mal que de bien. Le mensonge, parfois, est moins périlleux que la vérité nue. L'aveuglement, parfois, vaut mieux que la lumière crue. Les regrets sont moins corrosifs que les remords. Les accommodements moins coûteux que les bravades.

Qui plus est, il n'est pas coutumier des étreintes avec des quasi-inconnus, il ne l'était déjà pas quand il en avait l'âge, si on veut bien considérer que l'obéissance au désir immédiat est l'apanage de la jeunesse.

Pendant six ans, le seul corps qu'il ait touché est celui d'Antoine. Et, depuis leur séparation, il ne s'est autorisé aucune passade. Saura-t-il encore les gestes ? Ceux de la découverte ? d'une certaine innocence ? Saura-t-il s'aventurer sur un territoire aussi étranger, et aussi neuf, à tant d'égards ? Et qu'a-t-il à proposer, sinon cette peau déjà relâchée de quadragénaire ?

Mais la nuit, encore elle, fait son office, le lieu, décidément, a son mystère, sa réputation, ses injonctions irrésistibles.

Surtout, quelque chose s'est joué entre eux deux, dans les paroles échappées, dans les regards échangés, dans le silence tremblant, ça existe désormais, c'est là, ça les domine, et ça ne peut pas être ignoré.

Alors Alexis, sans se détourner des yeux dont l'éclat est bleu encore malgré l'obscurité, vient délicatement poser et refermer la main sur la nuque de Victor afin que les visages se rapprochent, que les bouches s'effleurent. Il devine qu'il ne faut rien brusquer. Il ne s'agit pas uniquement d'une question de consentement. Il faut aussi que le désir s'affirme et devienne le moteur de leur étreinte. Et c'est ce qui arrive. D'un coup, ça déborde, ça submerge Victor. Ses baisers sont affamés.

Ensuite, ils cèdent ensemble à la fièvre, à la griserie, au désordre, à la frénésie, à l'euphorie. Ils cèdent à l'émerveillement de la découverte, au frisson de la possession, à la résolution de se consacrer à l'autre, exclusivement à lui, à cette folie qui veut que tout le reste disparaisse au profit de cet unique instant. Malgré l'inconfort et la promiscuité qui les entravent, les obligent à d'étranges contorsions, malgré l'inexpérience de l'un, le trouble de l'autre, les corps se trouvent, s'apprivoisent, se reconnaissent.

Tout de même, ils prennent garde à ce qu'on ne les entende pas dans le compartiment voisin, ils étouffent leurs caresses, leurs rires, leurs gémissements et cela ne fait qu'ajouter à leur complicité et au sentiment d'une magnifique transgression.

Après qu'ils se sont dépris, dans le calme revenu, Victor dit : « Claire m'attendra sur le quai à Briançon. »

Il a prononcé la phrase dans une parfaite neutralité, comme s'il s'agissait d'une simple information. Sans rien ajouter. De sorte qu'Alexis ignore si cette perspective constitue, pour lui, une épreuve redoutable ou l'espoir de retrouver le droit chemin.

30.

L'Intercités n° 5789 poursuit invariablement sa route et passe à proximité de Saint-Donat, que fort peu de gens connaissent, sauf, peut-être, ceux qui s'intéressent à Louis Aragon et Elsa Triolet, lesquels furent cachés au cours de la Seconde Guerre mondiale dans ce haut lieu de la Résistance que les Allemands mitraillèrent pour punir les maquisards. Et sauf Hugo, que cet épisode, raconté en cours d'histoire, avait marqué. Probablement parce que l'amour et le désastre s'y rejoignaient. Il sait également que des amateurs de poésie se rendent en pèlerinage aux côtés de ceux à qui le devoir de mémoire importe en vue de se recueillir devant une maison aux volets bleus. Mais pour l'instant, Hugo pionce.

Le train effectue finalement sa première halte en gare de Valence-Ville. Sans pour autant prendre de passagers ni en faire descendre, car la desserte commerciale n'est pas autorisée à une heure pareille. Du reste, la gare est fermée, plongée dans le noir au point qu'on pourrait la croire laissée à l'abandon. L'arrêt est uniquement destiné à assurer le relais traction, c'est-à-dire le passage du mode électrique au mode thermique de la locomotive. Néanmoins, ça n'empêche pas ceux que le sommeil n'a pas cueillis ou ceux que la manœuvre a réveillés de sauter en vitesse sur le quai, histoire de s'en griller une, sous le regard compréhensif des hommes en uniforme qui eux-mêmes ne répugnent pas à une petite cigarette après tant d'heures de privation. La règle, c'est de ne pas s'éloigner. Donc personne, parmi eux, ne verra rien de celle qu'on désigne comme la porte du Midi. Personne ne verra les canaux qui la traversent, ni même la silhouette des clochers qui pourtant s'apparentent à des vigies. Les zombies pourront juste, s'il leur vient à l'idée de lever la tête, et si la lune veut bien les y aider, deviner les massifs et les collines qui bordent la ville. Cette nuit, comme toutes les nuits, Valence assure son rôle de voie d'accès vers les Alpes. Et ce sont d'autres trains qui demain fileront vers la Méditerranée.

À 4 h 25, soit dix bonnes minutes avant l'horaire d'arrivée prévu, afin que chacun de ceux qui sont concernés ait le temps de se préparer, de ranger ses affaires, de descendre sa valise, la voix du contrôleur, à l'accent rocailleux du Sud-Ouest, qui dit les années accumulées, se fait entendre pour la première fois depuis la veille et annonce que le train va entrer en gare de Crest et que les voyageurs qui en descendent sont invités à vérifier qu'ils n'ont rien oublié à bord. Les panneaux publicitaires, installés sur le quai, vantent la beauté d'une cité du Moyen Âge, bâtie à même une crête rocheuse et invitent les touristes à venir visiter son donjon ou à se balader le long de la Drôme. La vérité, c'est que la ville est avant tout un lieu de passage pour les habitants de la vallée. D'ailleurs, ils ne sont qu'une poignée – à peine cinq – à quitter le train mais au moins, ceux-là seront sauvés.

Le reste des voyageurs ont presque tous été réveillés par ces premières étapes. Le ralentissement puis l'immobilisation du train ont déréglé leur accoutumance au roulis. Les mouvements dans les couloirs ont perturbé leur tranquillité. Les lumières blafardes du dehors sont parvenues à filtrer les stores baissés et à déranger l'état de demi-sommeil dans lequel beaucoup étaient plongés. Le retentissement des sifflets à l'instant du départ a achevé de les ramener dans le monde réel.

Ils se redressent, se rhabillent, se réajustent, se recoiffent, se frottent les joues, rallument leur téléphone, ne serait-ce que pour connaître l'heure, vérifient que leurs effets personnels n'ont pas disparu, ils ont tous entendu parler de ces mauvaises surprises qu'on découvre au petit matin, certains vont faire la queue aux toilettes.

À Die, Alexis se souvient qu'il se trouve au pied du Vercors. Dans sa tête résonne aussitôt, et machinalement, la chanson de Bashung, qui parlait d'y sauter à l'élastique. Et c'est idiot, car enfin il y aurait d'autres évocations plus évidentes, mais chaque fois qu'il a fait le trajet c'est pourtant celle-ci qui lui est venue et c'est encore elle qui surgit. Ça disait « La nuit je mens ». Il a appris que la nuit, on peut également dire la vérité. Il contemple Victor, sortant des limbes. Un personnage de David Hockney dans un décor d'Edward Hopper. Alexis, en peinture aussi, connaît ses classiques.

Désormais, débutent réellement les routes de montagne, aux tracés sinueux. Désormais, on va gagner en altitude, on devra progresser au milieu de barrières rocheuses singulièrement raides, de collines qui semblent impraticables sauf aux troupeaux, de forêts en escaliers, au bord de précipices, qui sait.

31.

Giovanni Messina – rappelez-vous, son nom a été cité au début de cette histoire – Giovanni Messina, donc, a vingt-sept ans. Il en paraît un peu moins avec sa dégaine de voyou, ses boucles brunes ramassées par le gel, son jean troué tombant sur ses hanches pour laisser apparaître un boxer Armani. Sa mère assurerait d'ailleurs qu'il est toujours son petit garçon. Giovanni n'échappe pas à un certain atavisme italien.

Il est né et il a grandi à Gênes. Pas dans le centre historique, avec ses ruelles pittoresques descendant vers le port, pas dans les maisons colorées du bord de mer, pas non plus sous les voûtes du Sottoripa, encore moins du côté de la rue Garibaldi et de ses palais, non, à l'écart, dans une des nombreuses HLM qui ont vu s'écrouler le pont Morandi un matin d'août 2018.

Ses parents, qui y habitent encore, étaient d'ailleurs à leur fenêtre quand les deux travées, longues de plus de deux cents mètres, se sont effondrées, entraînant avec elles le pylône qui les soutenait et précipitant dans le vide et écrasant des dizaines de voitures, de camions. Ils ont vu le tronçon tomber sur les habitations et sur la voie ferrée en dessous. Officiellement, la catastrophe a fait quarante-trois morts mais ils savent juste que Carlo, qui vivait au 3e étage de leur immeuble et qui était leur ami, figure au nombre des victimes. Certains ont accusé la foudre qui se serait abattue sur un pilier – un orage violent frappait la région à ce moment-là –, d'autres ont pointé les travaux de consolidation du tablier entrepris peu de temps auparavant, des experts ont conclu à la corrosion d'un câble. La vérité, c'est qu'il était pourri, ce pont, pourri depuis le début, pourri jusqu'à la moelle, pourri comme toute la classe politique, et que personne ne voulait dépenser d'argent pour l'entretenir.

Giovanni est installé à Turin depuis quelques années. Depuis qu'il a quitté Gênes, justement, où il vivait de petits boulots, pas tous légaux ; il a d'ailleurs tâté de la prison, pas longtemps, trois mois. Depuis, surtout, qu'il a rencontré Sandra, qui y est née et n'a pas souhaité en bouger. Ils se sont mariés très vite, très jeunes, à vingt-deux ans, parce que Sandra était enceinte de la petite. Il a dû arrêter les conneries et se ranger. Père de famille, ça t'impose des devoirs, des responsabilités. C'est comme ça qu'il a dégoté ce job de chauffeur routier chez Gambella. Au début, il effectuait de courts allers-retours en camionnette pour livrer dans la région. Ensuite, il a passé son permis poids lourd pour conduire de plus gros engins et partir plus loin : « ça gagne mieux », lui avait fait remarquer Sandra, « ça mettra du beurre dans les épinards ».

Alors, bien sûr, ça le tient souvent éloigné de la maison du lundi au vendredi mais, de toute façon, sa femme a de quoi s'occuper la semaine avec ses heures de nounou, son ménage et la petite et ils sont contents de se retrouver tous les trois le week-end. Ils vont au parc, ou au stade le dimanche après-midi quand la Juve joue à domicile. C'est une vie qui leur convient. Ils ne se plaignent pas.

Giovanni aurait dû rentrer hier soir vendredi mais la livraison dans le dernier entrepôt a eu du retard si bien qu'il n'a pas pu prendre la route. Il a dû dormir dans un hôtel en périphérie de Gap. Pas terrible, l'hôtel. Vue imprenable sur un rond-point, cloisons en papier, voisins bruyants, draps pas impeccables, mais Gambella ne roule pas sur l'or et il n'arrête pas de répéter : « Un lit c'est un lit, point. » En plus, un type du coin lui a tenu la jambe jusqu'à pas d'heure dans un bar, en lui dressant la liste de toutes les étapes du Tour de France que la ville a accueillies. Résultat : il manque de sommeil.

Il est à peine 7 heures quand Giovanni s'élance, sans avoir pu prendre de petit déjeuner, la salle de restaurant n'étant pas encore ouverte si tôt un samedi. Si ça roule bien, il sera à Turin dans trois heures. Et il pourra éventuellement faire une halte à Mont-Dauphin, le buffet de la gare est sympa, il y a déjà cassé la croûte, ça lui prendra à peine dix minutes pour avaler un café et un croissant.

32.

L'Intercités n° 5789 vient, lui aussi, de quitter Gap, où il a débarqué une dizaine de voyageurs. Parmi eux, un restaurateur qui tient, place Jean-Marcellin, un établissement très apprécié dont la terrasse est prise d'assaut dès que reviennent les beaux jours ainsi qu'un militaire affecté au 4e régiment de chasseurs alpins. On le sait parce que Manon a surpris une conversation entre eux juste avant qu'ils ne descendent à leur destination. Ceux-là, plus tard, diront : on l'a échappé belle, on pense à ceux qui ne s'en sont pas sortis, il y en a forcément qu'on a croisés, avec qui on a discuté.

La ligne poursuit en rampe dans un paysage où le vert domine, encadré par des sommets rocailleux pour parvenir à Chorges à huit cent cinquante-sept mètres d'altitude. Là, il arrive qu'on aperçoive le viaduc de Chanteloube, cet ouvrage ferroviaire qui devait, lorsqu'il a été imaginé, relier la ville à Barcelonnette et qui, n'ayant jamais été achevé, a été littéralement noyé lors de la construction du barrage. Mais il faut pour cela que les eaux de retenue soient basses. Des promeneurs s'y aventurent alors, à leurs risques et périls. Aujourd'hui, le lac artificiel, dont la surface luit avec les derniers reflets de la lune, est au plus haut. Sa placidité a quelque chose d'inquiétant, songe Catherine qui le découvre en ouvrant les rideaux. D'ailleurs, elle ne résiste pas à confier son effroi à Jean-Louis : « Les gens diraient que c'est beau, moi je dis que ça fout les jetons. » Mais il est trop occupé à s'habiller pour trouver en plus la force de considérer les frayeurs fugaces de son épouse. Pour preuve, il saute du coq à l'âne : « J'espère que le studio qu'on a loué ressemblera aux photos. » À l'évidence, il attend beaucoup de cette semaine en altitude. À commencer par le repos, le répit même.

Le train longe la RN94 jusqu'à Savines, ou plutôt Savines-le-Lac puisque l'ancien village a été submergé lors de la mise en eau du lac et renommé ainsi après la construction du pont. Le pic de Morgon veille sur ses habitants mais sa silhouette dans l'aube qui se lève pourrait facilement figurer une menace. D'ailleurs, Julia frissonne en le contemplant, comme si elle était saisie d'un mauvais présage. Gabriel s'en moque, lui qui demande à sa mère : « On arrive bientôt ? » Il faut dire qu'il est impatient de retrouver ses grands-parents, et en particulier son grand-père qui l'emmène souvent en expédition aux alentours de Briançon.

La ligne doit ensuite franchir trois tunnels pour atteindre la gare d'Embrun, petite ville fleurie, cramponnée à un rocher lui-même échancré par la Durance. Le paysage défile à un rythme plus lent, on pourrait presque apercevoir l'intérieur des rares maisons éclairées dans le jour qui point. Mais pour Serge, désormais sur pied, Embrun, c'est avant tout la boutique Sport 2000, qui propose des chaussures et vêtements pour la montagne, des sacs à dos, des bâtons de marche, des piolets et des harnais. Des clients fidèles. Des gens toujours de bonne humeur. D'ailleurs, c'est leur slogan. Il ira leur rendre visite dans la semaine.

À partir de là, la voie ferrée s'élève encore, la vallée se rétrécit. Autour, des schistes lustrés, presque noirs, avec leur aspect feuilleté qu'on serait tenté de caresser et qui, probablement, lacéreraient les mains si on s'y aventurait. Alexis et Victor s'affairent à ranger l'un sa valise, l'autre son sac à dos, sans s'adresser la parole, comme encombrés de leurs corps. Alexis se dit que son jeune compagnon regrette son élan de la nuit. Quand Victor, de son côté, doit lutter pour ne pas se retourner et enlacer Alexis, l'enlacer jusqu'à l'étouffer.

La vallée s'élargit de nouveau lorsque le contrôleur annonce que le prochain arrêt est prévu à la gare de Mont-Dauphin-Guillestre.

Au même moment, la sonnerie du téléphone portable de Giovanni Messina retentit dans la cabine de son camion. C'est Sandra qui appelle son mari. Il s'en étonne. Elle n'appelle jamais si tôt le matin. Et s'il était arrivé quelque chose à la petite ? Ou bien il y a un souci à la maison ? Rattrapé par un sale pressentiment, le chauffeur s'empare de son téléphone mais, dans la précipitation, le laisse échapper. Il doit se pencher sur le côté pour le récupérer. Et parce qu'il a détourné le regard de la route, peut-être aussi parce que le petit matin est encore si blafard, si imprécis, il ne voit pas les stries rouges et blanches, il ne voit pas le passage à niveau fermé, il ne voit pas l'obligation de s'arrêter et emboutit la barrière. Le choc, épouvantable, inattendu, assourdissant l'affole aussitôt. Dans la panique, et par réflexe, il freine brutalement et se retrouve coincé pile au milieu de la voie ferrée. Il a à peine le temps d'entendre le bruit d'un klaxon et d'apercevoir l'Intercités qui roule dans sa direction à plus de quatre-vingts kilomètres à l'heure, tous phares allumés.

La collision est inévitable.

Plus tard, Sandra expliquera qu'elle se languissait de son mari et qu'elle voulait juste entendre le son de sa voix.

33.

Le conducteur du train a beau déclencher le freinage d'urgence, l'impact est d'une violence inouïe. Vincent Durieux, trente-huit ans, dont quatorze passés à la SNCF, meurt sur le coup. Il laisse une femme et trois enfants. Il effectuait le trajet Paris-Briançon pour la quatre-vingt-huitième fois de sa carrière. Autant dire qu'il le connaissait par cœur. Ses collègues loueront, par ailleurs, son professionnalisme. Ils affirmeront que si la collision a eu lieu avec ce type-là aux commandes, c'est que personne n'aurait pu l'empêcher.

Les gens vivant dans le proche voisinage de l'accident assureront qu'ils ont entendu une détonation énorme, certains diront : on a pensé qu'une bombe venait d'exploser. Pourtant, ils n'ont jamais entendu de bombe exploser, mais il y a des bruits comme ça que l'on croit reconnaître sans les avoir jamais entendus, il y a surtout des phrases automatiques que l'on prononce lorsque les mots manquent.

Le poids lourd est enfoncé, éventré, broyé par endroits, désarticulé et traîné sur plus de quatre cents mètres. La cabine se détache, valdingue sur le côté pour finir par s'encastrer dans le mur d'un entrepôt voisin. Giovanni Messina, qui n'a pas eu le temps de sauter avant l'assaut, est éjecté à travers le pare-brise. Non loin de lui, son téléphone portable, dont la sonnerie retentit de nouveau.

Tandis que le train propulse le camion, que le crissement des roues déclenche un vacarme presque insoutenable, et que l'enrayement provoque des gerbes d'étincelles, la motrice perd l'équilibre et se couche sur le côté, telle une baleine s'échouant sur un rivage, entraînant avec elle une partie de son attelage.

Dès lors, des fenêtres explosent, la carrosserie des premiers wagons est déchirée, démantelée pour ressembler ici ou là à un amas de ferraille, de tôle compressée.

À l'intérieur, c'est évidemment un chaos phénoménal. Les voyageurs sont propulsés contre les cloisons, les portes, les vitres, ou le siège devant eux dans les voitures classiques, brinquebalés dans tous les sens, assommés. Des fauteuils et des couchettes sont arrachés, des bagages volent, se transforment en projectiles, dégringolent. Des morceaux de ballast pénètrent dans les compartiments. Des flammes lèchent la carcasse démembrée.

Les gens ont pour seul réflexe de hurler, de hurler encore, tout en s'efforçant de s'accrocher à ce qu'ils trouvent, poignées, barres d'appui ou en se précipitant au sol comme ils l'ont vu faire dans les films catastrophe, avant d'être recouverts de verre brisé. Les passagers des premières voitures sont logés à la plus mauvaise enseigne parce que, plus proches de l'impact, ces voitures sont les plus endommagées, les plus pliées, les plus tordues. Le tout ne dure sans doute qu'une poignée de secondes, mais ce sont des secondes pendant lesquelles leur vie leur échappe : ils ne décident plus de rien, de rien du tout, ils ne sont plus que des paillettes argentées dans une boule à neige secouée par un enfant turbulent.

Alexis se rappelle cet homme venu en consultation. Il portait des broches et arborait des cicatrices un peu partout. Et lui avait confié avoir provoqué un accident de voiture, n'ayant pas vu un carrefour tandis qu'une camionnette arrivait sur le côté. Sa Clio avait accompli plusieurs tonneaux avant de s'immobiliser dans un champ de tournesols. Le patient avait tenu à lui décrire précisément les tonneaux, il disait : c'est vraiment une chose curieuse, pas du tout comme à la fête foraine. Il essayait de dire que c'était à la fois beaucoup plus concret, à cause des tamponnements contre la carrosserie, et beaucoup plus abstrait, comme dans un rêve, parce qu'il n'avait pas eu de prise, s'était senti impuissant. Alexis n'avait pas vraiment compris ses explications, ou bien il ne s'était pas montré très attentif, et là, d'un coup, il comprend, il comprend parfaitement, c'est aveuglant tellement il comprend. En réalité, l'autre étant tiré d'affaire, il ne s'était intéressé qu'aux tournesols, ça lui avait plu, cette histoire de tournesols, il avait trouvé ça romantique, presque cinématographique. Il songe qu'il n'y aura pas de tournesols, ce n'est ni la saison ni le lieu, il y aura peut-être des edelweiss, ou plus sûrement rien, que de la pierre.

Victor revoit, comme dans une illumination, ce jeune moniteur, embauché pour la saison, débarqué d'autres montagnes. Un chien fou, indomptable, pas franchement pédagogue, ni très patient avec les clients venus prendre des leçons, mais incroyablement doué sur des skis, virevoltant, gracieux, comme s'il savait faire ça mieux que tout le reste, mieux que marcher, et, par conséquent, tous lui pardonnaient son impétuosité, ses piaffements. Le soir, il allait danser et boire dans la boîte de nuit du coin, il s'agitait sur la piste, et à certains moments se mettait à onduler, c'était très troublant. Il tenait souvent une bière à la main, il était très excité, ivre mais pas à en perdre ses moyens, chaloupant sur une ligne de crête. Il restait jusqu'à la fermeture, rentrait en titubant au chalet où étaient hébergés les moniteurs, et le lendemain matin, il apparaissait, frais comme un gardon, tous les stigmates de la nuit avaient miraculeusement disparu, ce miracle s'appelait la jeunesse, et Victor, qui l'avait parfois croisé sous les lumières stroboscopiques de la discothèque ou entendu rentrer à pas d'heure, en était impressionné. Le type avait été emporté par une avalanche, parce qu'il s'était aventuré en hors-piste un jour où il ne fallait pas. Victor en avait bêtement conclu que l'audace et l'irrévérence avaient un prix, un prix que lui ne risquait pas de payer puisqu'il n'était ni audacieux ni irrévérencieux. Mais juste après, un atroce chagrin l'avait assailli. Il avait découvert que le chagrin pouvait être une décharge électrique. Il avait surtout compris qu'il n'était pas seulement bluffé ou intrigué par ce jeune homme, mais qu'il en était tombé amoureux sans s'en rendre compte ou sans se l'avouer. Heureusement, ce terrible coup du sort lui éviterait les questions délicates. Donc c'est son visage, jaillissant d'une mémoire profondément et soigneusement enfouie, son visage souriant et troublant qui s'impose tandis qu'il valdingue dans le wagon. Comme si la menace ravivait les regrets.

Julia cherche désespérément ses enfants du regard, tente de les agripper. Au cœur de cette frénésie, de cette hallucination, la voilà soudain qui se revoit à la maternité pour chacun d'entre eux. Un accouchement si facile pour Chloé, alors qu'on lui avait prédit le pire pour « le premier ». Il avait presque suffi de la déposer, comme on dépose une offrande, elle s'était dit : si c'est comme ça je recommence demain. Et une mise au monde interminable, douloureuse pour Gabriel, un gros bébé qui s'était présenté par le siège ; la péridurale avait été enclenchée tardivement. Dans les deux cas, le père n'était pas présent, retenu par on ne sait quoi. La première fois, tout à son bonheur, elle avait cru à ses excuses, à son mensonge. La seconde fois, elle avait décidé qu'elle ne ferait pas sa vie avec un homme pareil. Pourtant, il allait lui falloir encore des années avant de passer à l'acte. Il allait lui falloir les coups. Et même les coups, elle les aura supportés longtemps, avant de décamper. Alors qu'elle ne parvient toujours pas à saisir la petite main de son fils, elle songe qu'il est impossible que ses enfants lui échappent. Elle n'a pas traversé tant d'épreuves pour qu'ils lui échappent maintenant.

Serge pense à sa femme. Il en est le premier surpris. Il sait parfaitement qu'il s'est mal comporté et qu'il la néglige. Il sait aussi qu'il s'en est accommodé parce que la vie, jusque-là, lui a permis de satisfaire son bon et misérable plaisir. On jurerait qu'une forme de culpabilité le rattrape, à l'instant où l'essentiel, qui sait, se joue. À moins que ce ne soit de l'amour ; le vilain mot.

Jean-Louis, quant à lui, se souvient de… la demi-finale de la Coupe du monde 1982, et plus précisément de l'instant où Patrick Battiston se présente seul devant le but allemand et qu'il est percuté avec une brutalité inouïe par Harald Schumacher, le gardien ; il sera évacué sur une civière, inanimé et, au bout de l'interminable nuit de Séville, la France finira par perdre le match. Notre jardinier ne se prend pas pour Battiston pourtant, et des matchs de foot il en a vu des centaines, mais, allez savoir pourquoi, c'est ce traumatisme jamais guéri, cette injustice jamais digérée qui lui revient. La violence du choc, sans doute. Quand même, si on lui avait prédit un truc pareil, il n'y aurait pas cru.

Catherine songe que son mari se bat contre un cancer et que la mort va peut-être le cueillir dans ce train, qu'elle sera peut-être accidentelle ; heurtée et rapide. Elle se dit que c'est trop bête. À moins que ça ne soit une aubaine. Cependant, elle s'accroche à lui, parce que s'ils s'en sortent, il aura encore besoin d'elle et on ne se détache pas, on ne disparaît pas quand celui qu'on aime a besoin de nous.

Les adolescents sont convaincus qu'ils vont s'en sortir. Il ne peut rien arriver quand on a dix-neuf ans. Dylan va jusqu'à penser subrepticement : ça nous fera un truc à raconter. Il n'y a plus qu'à espérer que l'insouciance sauve.

Et, tout à coup, le convoi s'immobilise. Il semble avoir terminé sa course folle, son chaotique dérapage, son extravagante culbute.

Alors le silence revient, ou plutôt il tombe telle une chape de plomb. Mais c'est un silence étrange, qui ne frappe que par contraste avec le tumulte l'ayant précédé, et paraît tout aussitôt incertain, provisoire. C'est le silence de la sidération, de la stupeur. Certains en sont encore à diagnostiquer ce qui a bien pu se produire, ceux-là étaient encore ensommeillés, ou n'ont pas assez d'imagination pour considérer l'hypothèse du passage à niveau, du camion. D'autres croient à un attentat, à la télé on leur répète quotidiennement que les terroristes sont parmi nous, capables de frapper où ils le souhaitent, et qu'un jour, ils s'en prendront à un train, à un métro, parce que c'est facile, il suffit de déposer une bombe à bord et de redescendre tranquillement, personne ne contrôle rien, il n'y a pas vraiment de caméras de surveillance. La plupart ont compris qu'une collision avait eu lieu, ils ont reconnu le bruit, et ça leur semble le plus logique dans cette folie qui s'abat sur eux. Ceux-là sont abasourdis, effarés, parce qu'ils n'ont jamais envisagé que ça pourrait les concerner, ou ils faisaient confiance aux probabilités, on leur a dit que la France était championne en matière de sécurité ferroviaire, il y avait une chance sur combien que ça leur arrive ?

Mais le silence ne dure pas. Il ne dure jamais. Les cris repartent de plus belle, parce que la conscience leur est finalement venue, à tous et que la terreur et la douleur reprennent le dessus. Ils se disent : c'est l'horreur, les voitures sont renversées, la terre est là, tout près de nos visages, la rocaille, il y a des débris partout, la tôle est éventrée, tout est renversé, et on veut y échapper, s'arracher à cet enchevêtrement, à ce cataclysme, et il faut faire vite car peut-être de nouvelles calamités nous attendent, un glissement de terrain, une dislocation supplémentaire, un incendie, une explosion, qui sait. Les cris retentissent aussi parce que certains souffrent, leur tête a heurté une vitre, leur cheville s'est tordue, ils ont des lésions, des plaies, des fractures probablement, sans être réellement capables de les évaluer car dans cet immense bordel, les sensations ne ressemblent à rien de connu, le corps lui-même envoie de drôles de signaux, de réponses, ils savent juste que ça les lance, ou que ça les déchire, ou que ça les brûle, ils ont peut-être des traumatismes crâniens, des blessures internes, ces choses qui ne sont pas visibles et qui cependant portent en elles de possibles dégâts irréversibles. Alors ils veulent sortir de cette nasse, de ces décombres, quitte à défoncer des fenêtres à coups de pied, ils veulent en sortir maintenant, et à tout prix. Cela s'appelle l'instinct de survie.

34.

Alexis et ses compagnons de voyage, eux aussi, cherchent à s'extraire de ce qui n'est plus qu'une carcasse.

Serge, sonné par l'accident, mais *a priori* pas blessé, se cramponne comme il le peut, réussit, au terme d'efforts qui lui paraissent surhumains, à ouvrir une portière d'évacuation et à sortir la tête au-dehors. Là, le spectacle qui s'offre à lui le saisit : quelques voyageurs commotionnés avancent, hagards, titubants, sur le ballast et se dirigent en contrebas de la voie ferrée, parfois avec enfants et bagages, comme dans une scène d'exode. Hébétés, couverts de poussière et de sang, certains hurlent, comme dans une scène de guerre. Soudain, parmi eux, il aperçoit Julia et ses deux enfants. Ils auront trouvé plus facilement que lui une issue ou auront été éjectés, il n'en sait rien, parce qu'à cet instant, il ne sait plus rien de ce qui est possible et de ce qui ne l'est pas. Il remarque que Julia tient son petit garçon dans ses bras et qu'il a quelque chose d'un pantin désarticulé. Alors il puise en lui la force nécessaire pour se hisser hors du wagon, sauter sur le gravier et courir vers eux afin de proposer son aide.

Alexis a vu Serge se sortir du pétrin et se prépare à l'imiter quand le médecin qu'il est se rappelle au type qui tente de sauver sa peau. Il a prêté le serment de porter secours et, s'il existe une occasion pour honorer ce serment, c'est évidemment celle-ci. Il se ravise donc et inspecte du regard la voiture afin d'établir si d'aucuns pourraient y être bloqués et avoir besoin d'assistance. Son premier réflexe est de chercher Victor mais, ayant été déporté pendant le basculement, il s'est éloigné de leur compartiment. C'est donc Jean-Louis qu'il remarque en premier. Il a l'air sonné, mais de toute façon tout le monde doit avoir l'air sonné, il est étendu sur la porte d'accès à la cabine, désormais inclinée à l'horizontale. Alexis inspire un grand coup et songe : je dois agir de façon calme et raisonnée. S'étant rapproché du retraité, il lui demande d'une voix paisible comment il se sent. L'autre marmonne : « Je crois qu'il n'y a rien de cassé. » À cet instant, Alexis aperçoit Catherine, inanimée, ramassée au fond du compartiment, le visage ensanglanté. Il doit cacher cette information à son mari si celui-ci ne la connaît pas déjà. Il lui lance avec un peu de précipitation : « Accrochez-vous à moi, je vous sors de là. » Et au prix d'une acrobatie dont il ignorait être capable, il parvient à faire basculer Jean-Louis hors du wagon ; là, un inconnu vient l'aider à mettre le pied à terre.

Alexis retourne dans la cabine pour y constater que Catherine a une partie du bras encastrée dans la vitre et des bouts de métal fichés dans sa cuisse. Il en déduit qu'il ne pourra rien faire par lui-même. Seuls les pompiers, dès qu'ils seront sur place, auront les moyens de la tirer, peut-être, de ce très mauvais pas. Mais elle perd beaucoup de sang. Alors, pour espérer stopper l'hémorragie, il comprime l'artère au pli de l'aine, à l'aide de son poing droit, en conservant le bras tendu, et en l'écrasant sur le fémur. Il s'étonne d'accomplir si aisément ces gestes qu'il n'a pourtant pas pratiqués depuis des années. Les fondamentaux ne s'oublient pas. Ou bien les poussées d'adrénaline aident à les retrouver. Puis il pense aux éventuelles autres victimes, et à Victor, dont il va devoir s'occuper peut-être. Maintenir ce point de compression l'empêche de leur venir en aide. Repérant un chemisier dans une valise éventrée, il s'en saisit pour mettre en place un garrot. L'hémorragie paraissant contenue, il repart en quête de blessés.

En remontant le couloir, il aperçoit le groupe de jeunes qui évacuent à leur tour la voiture. L'un d'eux se tient le bras et grimace. Ses amis le portent comme on porte un vainqueur en triomphe, mais un vainqueur en piteux état. Et la petite bande réussit à s'extirper de ce fichu guêpier. En sortant, une des filles lance à Alexis : « Besoin d'un coup de main, doc ? » Il lui sourit en retour et décline sa valeureuse offre de services : « Ça va, je me débrouille. » La fille s'appelle Manon, croit-il se rappeler. Il a entendu son prénom prononcé par Catherine, quand ils étaient encore des voyageurs insouciants et indolents.

(C'est bien Manon, la même qui relève sa mère chaque fois qu'elle tombe, vaincue par l'alcool, et elle tombe souvent, et depuis longtemps, qui comble ses défaillances ou contre ses violences, ça dépend des soirs, qui tient la maison parce qu'il faut bien que quelqu'un la tienne, Manon qui sait gérer les catastrophes parce qu'elles ne l'effraient pas vraiment et parce qu'elle est capable de recouvrer ses esprits en un claquement de doigts, question de nature et d'habitude.)

Parvenu à hauteur du compartiment où il a passé la nuit, Alexis découvre Victor. Recroquevillé. Et immobile.

35.

Pendant ce temps s'engage une course contre la montre.

Les centres de secours les plus proches, ceux de Risoul et de L'Argentière, dépêchent en urgence leurs pompiers. Quelqu'un les a appelés. Était-ce une personne habitant à proximité du passage à niveau ? Ou le conducteur de la voiture immobilisée derrière la seconde barrière et qui aura assisté, stupéfait, interdit, au spectacle du camion défonçant la première ? Le contrôleur de l'Intercités, s'il est indemne ? L'information, en tout cas, passé le moment d'effarement, a dû être rapidement communiquée. Quels ont été les mots ? On imagine l'affolement et la difficulté à nommer ce qui alors dépassait l'entendement. Au téléphone, l'opérateur a peut-être même demandé qu'on les lui répète, ces mots, pour être certain d'avoir bien compris.

Les pompiers, on les entend d'abord dans le lointain, leurs sirènes hurlantes les précèdent, on devrait en être rassuré, et on l'est, c'est un peu comme la promesse de voir débarquer la cavalerie dans les westerns, mais on est affolé aussi, parce que leur venue signifie qu'une catastrophe est en cours. On pouvait encore espérer s'en tirer à moindre mal, cela pouvait n'être que de la tôle froissée, sauf que ces hurlements qui se rapprochent racontent qu'il faut se préparer au pire. Les hommes du feu vont forcément découvrir des gens pris au piège, d'autres sévèrement amochés. Et des personnes qui auront perdu la vie. Car c'est à cela qu'il faut se préparer, se résoudre : on dénombrera sans doute des cadavres dans les décombres, la mort a frappé, et elle a frappé là, tout près.

On s'attend à les voir surgir d'une seconde à l'autre, ces types dont on connaît la vélocité, la vivacité, d'ailleurs l'image qu'on a d'eux c'est celle de garçons surentraînés, prêts à intervenir dans la seconde, et qui précisément bondissent à la première alarme ; mais toujours pas. On se souvient alors qu'on est à près de neuf cents mètres d'altitude, que la zone est difficile d'accès, que leur progression ne doit pas être commode. On maudit ces montagnes qu'on adorait, ces chemins escarpés qu'on trouvait si charmants, ces déclivités qui procuraient un joli frisson.

Soudain, ça y est, on aperçoit l'éclat entêtant de leurs gyrophares dans le matin bleu et froid, on découvre leurs gilets fluorescents, leurs casques rutilants. Leur surgissement, dans la lumière rasante, parmi les débris éparpillés, a quelque chose de cinématographique, notamment parce que tout semble irréel, inconcevable, ça ne peut être qu'un film ; un mauvais film. Mais cet irréel s'estompe vite car rien n'est fluide, agile ou simple, au contraire tout n'est qu'agitation, désordre, tout paraît décousu. Le professionnalisme de ces soldats a ses limites, fixées par l'ampleur des désastres et par la géographie. Et par leur propre humanité. Car, bien qu'aguerris, ils embrassent un environnement très dur, percevant des cris de détresse, des pleurs et repérant, au premier coup d'œil, parce que c'est leur métier d'identifier ce qui exige de la diligence, ce qui induit de la complexité, de nombreux blessés, prisonniers de la bête agonisante.

Alors, comme pour se reprendre ou se donner du courage, on les entend gueuler. Ils gueulent des consignes, ou des ordres, ils emploient un langage presque inintelligible pour le profane, s'adressent des messages codés, parlent de courant de traction à couper, de circulation sur les voies à stopper, parlent de risques à évaluer, de reconnaissances à effectuer, de désincarcérations à opérer. Ils savent déjà que les voyageurs en déshérence en pleine voie sont à la fois des victimes à prendre en charge et des obstacles, malgré eux, à la bonne conduite des opérations.

Et, dans ce chaos, des habitants de la commune s'approchent, apportant des couvertures. Cet élan dérisoire pourrait arracher des larmes.

36.

Serge est auprès de Julia et de ses enfants. Ce qui le frappe, c'est combien les circonstances ont changé la jeune femme et combien cette métamorphose est visible. Elle était une maman philosophe doublée d'une ex-compagne craintive, la voilà transformée en louve, au regard sombre, couvant sa progéniture avec une autorité et une sauvagerie qui pourraient facilement effrayer. Il remarque des hématomes sur le visage du petit Gabriel et interroge la mère du regard. Elle dit : « Il en a partout sur le corps, je viens de vérifier, il faut dire qu'il a volé dans le compartiment, littéralement volé dans les airs, il s'est cogné, contre une fenêtre, contre la porte, contre le sol, c'était horrible, j'avais l'impression que mon petit garçon était devenu un ballon et qu'il rebondissait contre tout ce qui se trouvait sur sa route, et je ne pouvais rien faire, parce que moi aussi j'étais brinquebalée, et je n'arrivais pas à le rattraper, il n'était jamais à ma portée ou j'avais toujours un temps de retard, finalement quand le train a stoppé j'ai pu le récupérer, j'ai aussi attrapé ma fille par la main et on est sortis tout de suite, on a même décanillé, et on s'est assis à l'écart, et là j'ai eu la peur de ma vie parce qu'il était inanimé, c'était même plus que de la peur, plus que de la panique, c'était de la démence, c'est ça, je suis devenue folle pendant quelques secondes, ça ne m'était jamais arrivé avant, pourtant il m'en a fait des trucs, mais jamais je n'ai eu de raisons de flipper à ce point, je peux vous dire que je ne suis pas près d'oublier, ça ne s'oublie pas de perdre la raison, et en même temps de se rendre compte qu'on l'a perdue, alors j'ai collé mon oreille contre sa poitrine et j'ai entendu son cœur battre, je suis remontée du fin fond des Enfers aussi vite que j'y étais descendue, là il reprend peu à peu connaissance mais il est encore sonné, qu'est-ce que je dois faire à votre avis ? »

Serge n'a pas quitté Julia des yeux tandis qu'elle délivrait son récit, dans la précipitation, dans l'épouvante pas encore désarmée. Il se donne aussitôt pour mission de la tranquilliser : « Allongez-le là, sur l'herbe, déboutonnez son polo et desserrez son ceinturon, basculez sa tête en arrière, ça lui permettra de respirer plus facilement. »

Elle le dévisage : « Vous êtes certain ? »

Il la rassure : « J'ai mon brevet de secouriste. C'est d'ailleurs le seul diplôme que j'ai réussi à décrocher. Alors oui, sur ce coup-là, je crois que vous pouvez me faire confiance. »

Elle lui obéit.

Serge poursuit : « Maintenant, il n'y a plus qu'à attendre que les secours s'occupent de lui. En premier, ils vont prendre en charge les blessés graves, forcément, mais ils s'occuperont de lui juste après, ça ne fait pas un pli. J'imagine qu'ils mettront des poches de glace sur ses bleus et lui fileront des anti-inflammatoires parce qu'à mon avis, vu comment il a valdingué, il va morfler, votre gamin. Ensuite, ils l'emmèneront faire des examens. »

C'est Julia qui termine : « Pour contrôler qu'il ne fait pas de commotion cérébrale ou un truc dans le genre, c'est ça ? »

L'autre acquiesce, avec une sorte de détachement, pour signifier : ce sont des examens de routine et ça ne sert à rien d'envisager le pire.

Paradoxalement, Julia est soulagée par leur échange. Parce que la placidité de Serge au milieu du tumulte l'a rassérénée, parce que sa propre rationalité reprend peu à peu le dessus et parce que, couché dans l'herbe fraîche, Gabriel a un air plus apaisé. Autour d'eux, le désordre s'est aggravé, les voyageurs sont de plus en plus nombreux à errer, tels des spectres, sur la voie de chemin de fer, certains sont vraiment mal en point, et elle songe, sans aller toutefois jusqu'à le formuler à voix haute : on a eu de la chance.

Recouvrant totalement ses esprits, elle consulte son téléphone portable et lance à son compagnon d'infortune : « Vous avez du réseau, vous ? »

37.

À la gare de Briançon, dans les haut-parleurs, une voix féminine, pas enregistrée, bien réelle, indique qu'un « incident » s'est produit sur la ligne, sans préciser où, ni mentionner un train en particulier, en conséquence le trafic est « perturbé » et « des retards sont à prévoir ». Qui a donné l'ordre à cette femme de mentir ? Est-ce le chef de gare qui aura voulu temporiser, ne pas déclencher d'affolement tant qu'il n'en sait pas davantage ? Ou peut-être n'y avait-il pas de chef et personne n'a voulu prendre la responsabilité d'annoncer la mauvaise nouvelle. Mais à une époque où toute information, vraie ou fausse, se diffuse à la vitesse de l'éclair, on a dû admettre qu'un tel mensonge n'est pas tenable. Si bien qu'un deuxième message est diffusé trois minutes plus tard, par la même voix féminine. Cette fois, il est question d'un « accident », elle spécifie que « le trafic est interrompu ».

La voix était moins assurée, la femme sans visage a buté sur le mot « accident » comme un cheval vient taper l'obstacle et elle n'a pas éteint son micro immédiatement, comme si elle était effrayée par ses propres paroles, ou comme si l'étendue du désastre l'avait soustraite au réel, l'espace de quelques secondes.

Dès lors, deux types de réactions se télescopent. Ceux qui sont venus pour prendre un train expriment leur dépit, leur agacement. C'est bien joli tout ça, mais comment vont-ils rejoindre leur destination, hein ? Comment vont-ils assurer leurs engagements ? Ils n'ont pas que ça à faire, de poireauter sur un quai ou de devoir imaginer des plans B ! Ils sont persuadés qu'un hurluberlu s'est jeté sous un convoi et que c'est à cause de lui que leur journée s'emmanche mal. Vraiment, il n'existe pas d'autre moyen de se tuer ? Quand on est dépressif, on a besoin d'emmerder le monde ? Cependant, parmi ceux qui, eux, attendent des voyageurs, certains se questionnent : se pourrait-il que l'accident concerne leurs proches ?

Aussitôt, tous empoignent leurs téléphones portables. Les premiers pour prévenir de leur retard, ou dénicher un moyen de déplacement, les seconds pour tenter de joindre leurs amis, leurs familles. Ceux-là tombent invariablement sur des messageries. Ils ignorent que la zone où l'accident s'est produit est très peu couverte par le réseau, on appelle ça le désert numérique français, pour le moment ils ne comprennent pas pourquoi ceux qu'ils aiment sont subitement inaccessibles.

Au milieu de cette assemblée, une dame d'une soixantaine d'années, vêtue d'une grosse doudoune, parce que, le printemps a beau avoir officiellement débarqué, à cette altitude et à cette heure-ci, il vaut mieux se couvrir ; c'est Éliane, la mère de Julia. À côté d'elle, une jeune femme, environ vingt-cinq ans. Elle porte une jupe courte et grelotte malgré ses collants épais, elle tire sur une cigarette pour se réchauffer ; c'est Claire, la fiancée de Victor.

Éliane est rattrapée par une angoisse ténue qu'elle s'emploie à évacuer en se raisonnant. Claire parlerait plutôt d'un léger dérangement, qui pourrait virer au mauvais pressentiment parce qu'elle est un peu superstitieuse. Sans se connaître, elles se dévisagent, comme si elles réalisaient que le même doute s'insinue en elles à la même seconde : cette ligne de chemin de fer est très peu fréquentée, surtout aussi tôt le matin. Et Briançon en est le terminus. Il n'y a pas cinquante possibilités. Le train qui a rencontré un problème est forcément celui qui devait arriver à 8 h 18. Elles reprennent leur portable, rappellent leur correspondant et toujours rien.

Réduites au silence, à l'impotence, elles s'interrogent. C'est quoi, un « accident » ? Le type qui s'énerve à quelques mètres d'elles a sûrement raison : à tous les coups, c'est le terme employé pour ne pas dire suicide. Près de trois cents personnes se donnent la mort de cette façon chaque année. Pas loin d'un par jour, si le chiffre est exact. Ça peut être tombé sur ce train. Et alors là, c'est le chambardement : les flics, les pompiers, des agents de maintenance, l'ouverture d'une enquête et un temps fou pour récupérer les morceaux, remplacer le conducteur.

Sauf que ça leur revient : dans ces cas-là, on parle d'un accident de personne, non ? Ou d'un accident voyageur. Et la voix n'a pas employé cette expression. Par conséquent, les hypothèses se réduisent comme peau de chagrin : il ne subsiste plus que le déraillement ou la collision. Un groupe, auquel elles emboîtent le pas, se dirige vers le comptoir SNCF pour en avoir le cœur net, mais l'hôtesse, derrière son Plexiglas, assure qu'elle n'en sait « pas plus ». L'affolement de ses paupières quand elle dit cela n'augure rien de bon.

38.

Sur place, le SAMU est arrivé en renfort. Un convoi d'ambulances s'aligne peu à peu sur la route en contrebas de la voie, venu des communes avoisinantes. Leur nombre est impressionnant. Comment a-t-il été estimé ? Les gens de la SNCF, qui ont nécessairement été interrogés à ce stade, ont dû dire : cent vingt-trois passagers sont enregistrés, recensés dans notre listing informatique. Cinquante-deux hommes, quarante-sept femmes, vingt-quatre enfants. En fonction de la gravité présumée de l'accident, ils ont établi des fourchettes, une jauge. C'est peut-être un calcul précis, c'est plus sûrement du doigt mouillé.

Les gisants et ceux qui veillent sur les inertes voient, avec soulagement, ces silhouettes en blouse blanche accourir sur les lieux, s'entretenir avec les pompiers et avec les gendarmes, eux aussi fraîchement débarqués, évaluer les dégâts, se répartir les rôles. Ils n'entendent pas ce qui se dit mais mesurent à leurs mines fermées, concentrées, qu'il n'y a, bien sûr, pas de temps à perdre, pas non plus d'émotion à manifester car chaque personne blessée doit être prise en charge. Surtout, le train va être inspecté de fond en comble ; c'est à l'intérieur que se présenteront, à l'évidence, les situations les plus délicates à traiter. Car les passagers qui se trouvent encore à bord sont ceux qui, pour une raison ou une autre, n'ont pas pu en sortir. Ce « pour une raison ou une autre » a de quoi glacer le sang.

Aussitôt, les médecins, les infirmiers commencent à dispenser les gestes de premiers secours. Invariablement, ils se présentent, expliquent avec un calme qui force l'admiration ce qu'ils vont faire, vérifient que la victime dont ils s'occupent est bien consciente et respire normalement. Ils savent mieux que personne que si, par malheur, ce n'est pas le cas, le pronostic vital peut être engagé.

Et précisément, les voilà auprès d'une femme inconsciente, étendue sur le gravier, sa tête en sang repose sur les genoux de son mari. Ils s'agenouillent auprès d'elle, basculent prudemment la tête en arrière, s'assurent qu'elle respire en se penchant au-dessus de sa bouche, alignent ses jambes, et la placent en position latérale de sécurité.

Ici, on pratique un massage cardiaque et un bouche-à-bouche. Trente compressions thoraciques puis deux insufflations après avoir posé une main au-dessus du front, pincé le nez, tout en maintenant le menton et en englobant bien la bouche pour éviter les fuites d'air, et de nouveau les compressions. Serge regarde, hypnotisé, cette opération. Aurait-il su la conduire correctement ? Il n'en est pas certain.

Là, un binôme de secouristes s'occupe de la fracture ouverte d'un jeune homme. Ils repèrent un morceau de métal fiché dans son bras gauche et pratiquent aussitôt un point de compression pour stopper l'hémorragie. Dans la foulée, il est décidé de transbahuter le garçon sur une civière. C'est Dylan qu'on emmène vers l'hôpital le plus proche. Manon lui tient la main, lui assure que « tout ira bien » pour lui. Elle murmure : « Quand tout ça sera fini, on ira en Italie comme on l'a dit, je te promets. » Il lui sourit avant de grimacer. Elle ajoute : « Ce sera trop cool, l'Italie avec toi. » Il songe qu'il aura fallu le déraillement d'un train en pleine montagne pour qu'elle prononce les mots qu'il attendait sans plus trop y croire.

Au même moment, Julia fait un signe de la main à un pompier afin qu'il vienne examiner Gabriel. Celui-ci s'approche prestement, on jurerait qu'il a volé. Il se penche vers l'enfant et lui dit : « Tu as mal quelque part ? » Julia peine à retenir ses larmes. Serge, qui s'en aperçoit, enroule son bras autour de son épaule et glisse, dans un souffle, lui aussi : « Tout ira bien. » Parce que c'est bien connu, les prophéties qu'on énonce, même dans un souffle, se réalisent.

De son côté, Jean-Louis erre seul au milieu des débris, le long des voitures renversées, il se souvient vaguement qu'un homme l'a aidé à sortir du train tout à l'heure. Il appelle Catherine mais elle ne lui répond pas.

39.

Alexis s'est approché de Victor. Il a prononcé son prénom à plusieurs reprises, d'abord à voix basse puis plus fort mais Victor, recroquevillé, n'a pas réagi. Alexis est venu plus près encore et c'est là qu'il a vu le sang, tellement de sang, qui recouvrait le tee-shirt blanc. Il a touché l'épaule et toujours aucune réaction. Quand finalement il s'est penché, il a repéré la tige de métal, qu'est-ce que ça pouvait bien être, d'où ça sortait, est-ce que ça appartenait à l'armature de la couchette, mais après tout quelle importance, ce qui en imposait c'est que la tige était entrée dans le corps de Victor, non loin de son foie, qu'elle avait transpercé les chairs, provoqué une hémorragie massive, et impossible de connaître la longueur de cette foutue broche, impossible donc d'envisager la retirer sauf à risquer d'aggraver les dégâts.

Oui, Alexis se retrouve dépourvu, débordé, lui le médecin, le savant. Il aurait dû écouter son père, poursuivre en chirurgie, peut-être saurait-il quoi faire, parce que, là, tout de suite, à quoi ça sert d'avoir pour compétence de diagnostiquer et soigner les grippes, les angines ? Et puis il se rend compte combien sa colère est stupide : s'il était chirurgien, que ferait-il, hein ? Sa colère n'est évidemment que le reflet de son impuissance. Il sait au moins une chose, c'est qu'un mouvement brusque pourrait être fatal. Si bien que c'est doucement, tout doucement qu'il bascule le corps, afin de l'étendre sur le sol. Puis il attrape un oreiller qu'il glisse sous les jambes pour les surélever. La mare de sang est encore plus visible. Tout ce sang perdu n'est évidemment pas une nouvelle encourageante. Toutefois, Alexis doit conserver son calme, il recouvre les gestes du médecin, il prend le pouls, il sent le pouls, le cœur bat, Victor n'est pas mort. D'ailleurs sa poitrine se soulève brusquement, comme saisie d'un spasme et retombe presque aussitôt. Non, Victor n'est pas mort.

Alexis déchire le tee-shirt, voit apparaître le torse musclé, le ventre blond et ferme où il a déposé des baisers pendant la nuit, la peau douce qu'il a caressée, désormais affreusement entaillée, il roule en boule le tissu plein de son odeur pour l'appliquer autour de la plaie ouverte. Le pic enfoncé l'empêche de comprimer comme il le faudrait, il réalise donc un point de compression à mi-chemin entre la blessure et le cœur, appuyant aussi fort qu'il le peut dans l'espoir de limiter les saignements.

Juste après, il appelle à l'aide, hurlant depuis le compartiment, mais la voiture a été désertée de ses occupants, tous ont filé, se sont extirpés de cet enfer, de ce qui aurait pu être leur tombeau, pour respirer l'air du dehors, le respirer à pleins poumons, et se sentir vivants, se sentir miraculés. Il met la main sur son téléphone, par réflexe mais pas de réseau, pas la moindre barre sur l'écran taché d'empreintes rougies, il ne lui reste plus qu'à attendre, en ne relâchant surtout pas le point de compression. Sauf qu'attendre est le pire des scénarios quand chaque minute compte.

Contemplant Victor emmuré en sa souffrance, Alexis songe que le sort décidément peut se montrer injuste. Pourquoi a-t-il frappé ce garçon, si pur à sa manière, lui qui pense au bonheur de ses proches avant de penser au sien ? ce garçon si jeune à qui il reste tant à accomplir et pour qui les possibles se restreignent dangereusement ? ce garçon si beau soudain mutilé, comme s'il fallait payer pour une beauté pareille ? celui qui venait peut-être de rencontrer sa vérité intime, après l'avoir longtemps occultée, comme pour prouver que le mensonge serait moins dangereux ? Cette infortune le révolte et le plonge dans un abîme de tristesse.

Et tandis qu'Alexis s'interroge sur la mécanique du destin et rumine en silence sur la malédiction, Victor rouvre les yeux.

40.

Sur les réseaux sociaux, les premières images de la catastrophe sont jetées en pâture.

Des badauds, attirés par la lumière des gyrophares, par le beuglement des sirènes, par le sentiment diffus, ineffable qu'il se passe quelque chose, par le goût du drame ont rappliqué, dégainé leur portable dans un réflexe pavlovien, et mitraillé, mitraillé encore, avant de s'éloigner pour dégoter du réseau, un peu de 3G, ici on n'a guère mieux, et tout balancer sur la Toile.

Qu'importe si on dévoile les visages des victimes, si on met en péril la sécurité des blessés, si on complique le travail des sauveteurs qui immanquablement vont voir surgir de nouveaux curieux, si de la sorte on informe des proches qui auraient sans doute préféré apprendre la nouvelle autrement, ce qui compte c'est d'être les premiers à poster des photos, pour dire : hé, les gars, je suis sur place, et vous non.

Bien sûr, on assortit ces clichés volés de commentaires affligés, d'émojis éplorés, on se désole de ce qui survient, mais en réalité la jouissance du témoin privilégié l'emporte sur la compassion affichée.

Et aussitôt, dans les secondes qui suivent, ces images sont partagées, démultipliées, disséminées, deviennent virales.

Époque vulgaire, où plus rien n'est privé, où tout est spectacle, et surtout la souffrance, surtout la désolation, où la décence pèse si peu devant la prétendue « priorité à l'information », où le goût de l'immédiateté prive de tout discernement, où les dommages collatéraux constituent un détail dérisoire.

Dans la foulée, les premières théories fleurissent. On ne dispose d'aucun élément, sinon ces photos floues, mal cadrées, pixélisées, mais on a son idée. Le chauffeur du camion devait être sacrément alcoolisé pour perdre le contrôle de son véhicule, peut-être même avait-il fumé un joint, il faudra faire des tests, et fissa, mais « si tu veux mon avis, le mec il était pas net ». D'ailleurs, est-ce qu'il avait son permis ? est-ce que son camion était en règle ? « Tu as des tas de types payés au black qui conduisent des épaves, ça m'étonnerait qu'à moitié. » Et le conducteur du train ? « Vous avouerez que c'est bizarre qu'il n'ait pas freiné, si ça se trouve il dormait, quand tu roules de nuit ce ne serait pas surprenant. » À moins que ce ne soit le système de freinage ? « Ils datent de Mathusalem, ces Corail, ils sont esquintés, personne vérifie rien et roule ma poule », « la vérité c'est qu'il n'y a plus d'argent pour ça, tout le monde s'en fout de la sécurité ». En conséquence, la compagnie nationale est montrée du doigt. « Elle va se taper un procès, la SNCF, ça va lui coûter un max. » Mais, bien sûr, elle va s'en tirer : « C'est l'État, tu comprends, et l'État peut jamais être responsable, ils vont faire durer la procédure, dans dix ans on y est encore. » En tout cas, on n'est guère étonné : « Ça devait arriver. » Ces petites lignes, qui sont construites à flanc de montagne, dans des zones où il y a tout le temps des intempéries, de la pluie, de la neige, des éboulements, elles sont « quand même vachement dangereuses et super mal entretenues ». Mais surtout, le passage à niveau est un coupable idéal : « Vous avez remarqué que les accidents de train, c'est systématiquement à cause des passages à niveau ? » Ils sont mal indiqués, situés à la sortie d'un virage, si peu praticables que les voitures peuvent facilement rester coincées, « ils fonctionnent une fois sur deux, d'ailleurs moi un jour j'en ai vu un qui ne s'est pas abaissé alors qu'un train se pointait ».

Époque accusatoire, où il faut nommer des coupables, souvent sans preuves, les traîner dans la boue, les offrir à la vindicte populaire, et qu'importe s'il est démontré *in fine* qu'ils n'y étaient pour rien. Quelqu'un doit payer, quelqu'un doit prendre la colère comme on prend la foudre, quelqu'un doit expier, afin que tous les autres puissent déverser leur haine, se soulager de leur mauvaise bile et se croire, eux, irréprochables.

41.

Trois pompiers grimpent dans le wagon couché sur le côté comme une bête blessée agonisante et s'efforcent de trouver des points d'appui pour progresser, en évitant de piétiner les vitres ou les portes qui pourraient céder sous leur poids. Quand Alexis les entend, il leur signale aussitôt sa présence en hurlant. Les pompiers lui commandent de ne pas bouger, assurent qu'ils vont le rejoindre mais, tandis qu'ils avancent, ils découvrent ce qu'Alexis sait déjà : Catherine gît, sans connaissance, dans un des compartiments qui précèdent le sien, dans un enchevêtrement de métal et de verre. Un des gars dit : « Blessé. Sur la gauche. On y va. » Puis crie à l'intention d'Alexis : « On vous envoie des renforts, monsieur. » Juste après, il gueule dans un talkie-walkie pour qu'une seconde équipe rapplique.

Dès lors, Alexis va devoir se contenter d'entendre les échanges entre les hommes, à la fois si proches et si lointains. D'abord, ils répètent des « Madame » qui ne produisent aucun résultat. D'emblée, leur pronostic ne semble guère favorable : « OK, elle est inanimée, elle a dû être assommée, en plus elle n'est pas toute jeune. »

Une autre voix, presque adolescente, plus impressionnée, dit : « Elle est salement amochée. » Le troisième gars, qui doit être le plus expérimenté parce qu'il s'exprime sans affect et que ses collègues ont l'air de lui obéir, exige le silence : « Je crois que j'ai un pouls mais je ne suis pas sûr, tu peux vérifier ? » S'ensuit un long moment. Puis : « Je ne sens rien. » Mais, dans le doute, et parce que c'est leur mission, ils persistent. « Putain, vous avez vu comment elle est encastrée ? Mathieu, t'as le matos ? » Le Mathieu en question répond : « J'ai un écarteur, des cisailles, des vérins, mais pas de scie. » L'inquiétude grandit : « On va faire avec. »

À partir de là, tout n'est plus qu'impacts, poussées, frappes, soulèvements, percussions, entrecoupés de respirations hachées, d'essoufflements, d'onomatopées, de cris gutturaux. Alexis devine que les hommes sont à la peine, tiraillés entre l'obligation de ne pas blesser davantage la victime et la nécessité de l'extraire de son piège. Soudain, quelque chose cède. Sans doute la vitre s'est-elle désolidarisée du reste de la carcasse, le fracas est saisissant. Un « merde » sonore éclate. L'un des hommes dit : « Étends-la par terre. Putain, elle est ouverte sur tout le côté. » Un autre : « Prends son pouls, maintenant. Moi, j'écoute son cœur. » Quelques secondes s'égrènent. Et le verdict tombe : « C'est plus la peine. »

Alexis ferme les yeux.

C'est plus la peine.

Il a le réflexe de serrer Victor contre lui.

Ensuite, il entend le grésillement d'un talkie-walkie. Le pompier expérimenté délivre l'information d'une voix neutre mais la placidité parfois, ça dissimule des regrets, même injustifiés, des chagrins, même brefs : « Femme. Soixante ans. Delta Charlie Delta. On finit de désincarcérer et on vous l'amène. »

Catherine Berthier a-t-elle perdu connaissance sous la violence du choc ou s'est-elle vue partir ? Et si un peu de temps s'est écoulé avant qu'elle ne tombe en syncope, a-t-elle compris qu'elle n'avait aucune chance ? Dans ce cas, à quoi a-t-elle pensé ? À son village de Dordogne ? À une robe de mariée cousue de perles ? À des guirlandes multicolores dans un jardin ? À ses trois enfants, dont elle est si fière et qui vont être si tristes ? Et elle n'aime pas les voir tristes. À l'appartement de Saint-Mandé avec son olivier sur le balcon ? Et qui va l'arroser maintenant, cet olivier ? Aux matins amorphes sur la ligne 1 ? À ses collègues du Bazar de l'Hôtel de Ville ? Aux défilés dans les rues parisiennes, poing levé ? À Enzo, qui continuera la lutte ? À la main de Jean-Louis qu'elle tenait dans la chambre d'hôpital, les jours de chimio ? À ce studio qui les attendait à Briançon et qu'elle ne connaîtra pas ? La vie c'est si peu de chose, et ça passe si vite.

Mais Victor fait un mouvement. On dirait qu'il va parler.

42.

« Je veux pas regarder. Dis-moi. C'est comment ? C'est moche ? »

Les yeux bleus fixent Alexis, ne dévient pas, toutefois ils n'implorent pas, refusant la misère, la désolation, mais le courage s'arrête là, il ne va pas jusqu'à affronter le réel ; les yeux bleus quêtent simplement une explication, un compte rendu sur une situation.

Alexis laisse échapper quelques secondes précieuses, celles nécessaires pour esquiver, parce qu'il sait d'expérience que, lorsqu'une nouvelle est mauvaise, il est toujours préférable de la remplacer par une autre, qui serait meilleure.

« Les pompiers ne vont plus tarder. »

C'est cela qui compte. Pas la blessure. Non. Sa prise en charge. Pas l'atteinte à l'intégrité. Mais la promesse d'une réparation.

« Ça doit vraiment être moche pour que tu ne répondes pas à la question. »

Victor tente un sourire. Qui lui arrache aussitôt une grimace. La douleur s'est-elle rappelée à lui, à cause de ce pauvre effort ? Ou la prise de conscience de son état a-t-elle provoqué un effroi ?

« Tu as une tige en métal enfoncée dans le ventre. »

Puisqu'il tient à savoir, inutile de lui cacher la réalité plus longtemps. Alexis a choisi l'objectivité et la sobriété, il aurait peut-être fallu être allusif et précautionneux, mais à quoi bon ? Et autant se débarrasser de cette question.

Victor encaisse le coup. Il devait encore espérer. On ne renonce pas si facilement à l'espoir, même quand les craintes et la méfiance s'imposent, même quand les probabilités sont contre soi.

« C'est impressionnant mais ça ne veut rien dire. Si aucun organe vital n'est touché… »

Alexis corrige le tir. Cela étant, il s'en tient aux faits. Oui, cette plaie ouverte, ces chairs rougies, lacérées, c'est plutôt spectaculaire et, pour un profane, difficilement supportable, néanmoins il n'est pas exclu, à ce stade, qu'on puisse y remédier.

« Tu mens mal. Je croyais que ça savait mentir, les toubibs. »

Victor n'a entendu qu'une de ces fables qu'on raconte aux enfants pour les endormir. Pourtant, il n'est plus un enfant.

« Je te dis ce que je vois, ce que je sais. »

Alexis manifeste, malgré lui, un léger agacement. Comme on dit aux enfants, justement : « Si tu ne me crois pas, tu n'as qu'à venir voir toi-même ! » Et, dans la foulée, il s'en veut. Car l'exaspération est la dernière chose qu'il souhaiterait témoigner à ce jeune homme auprès duquel il est agenouillé. Dans d'autres circonstances, il se pencherait vers lui et embrasserait sa bouche.

« Tu sais, je fais le malin mais je suis mort de trouille. En fait, tu meurs de trouille avant de mourir tout court. »

Le hockeyeur fanfaronne un peu pour ne pas réfléchir à sa condition, au risque qu'il court. Et ça ne marche pas. Comment oublier qu'on va peut-être perdre la vie ? Aucun homme, si près de l'échéance, n'est tranquille. Aucun. Ceux qui prétendent le contraire sont des imbéciles. C'est l'affolement et l'épouvante qui dominent. Même chez ceux qui croient en un dieu quelconque. Et lui, de surcroît, ne croit en aucun.

« Tu vas être emmené à l'hôpital. Là-bas, ils feront ce qu'il faut. »

Chasser les idées sombres. Revenir dans le concret. Redonner une perspective. Redonner de l'espoir, à tout prix. Le médecin connaît ses fondamentaux.

« Quand tu penses que je ne devais pas prendre ce train… »

Victor est soudain songeur. Il fait le compte de ce qui s'est produit pour qu'il en arrive là, le rendez-vous qui s'éternise à la clinique, la panne de métro, le TGV qui part sans lui, et cette solution de remplacement, ce pis-aller, pour ne pas manquer à son engagement du lendemain, alors qu'il ne figure même pas sur la feuille de match. Il pense au véhicule bloqué sur le passage à niveau car il se doute bien que c'est cela, la cause du déraillement, quoi d'autre ? Il se dit : il y avait combien de chances qu'il se pointe pile à ce moment-là ? que ça se passe comme ça, que ça s'enchaîne comme ça ?

« Tu crois à la fatalité, toi ? » insiste le jeune homme.

Ce qui arrive serait déterminé à l'avance ? Certains événements seraient inéluctables ? Il existerait une nécessité échappant à notre volonté ? Une adversité inexplicable nous tomberait dessus ? Le malheur serait notre destin ? Une force occulte déterminerait notre devenir ? C'est bien cela qu'il demande ?

« Je crois au hasard. Sans le hasard, je ne t'aurais pas rencontré. »

Alexis ne pense pas qu'une puissance mystérieuse joue notre existence aux dés même s'il aime les imprévus, et être surpris. S'il osait, il confierait même qu'il aime les accidents, pour leur part d'imprévu, pour leur irrégularité, mais en l'espèce ce serait déplacé. Il s'efforce surtout de voir le bon côté des choses, ce qui est pour le moins audacieux quand on constate les dégâts alentour, mais cela ne vaut-il pas mieux qu'un abattement, un accablement ? Et c'est sa manière à lui, probablement maladroite, d'affirmer une tendresse, de témoigner une gratitude.

« C'est drôle, moi, j'ai l'impression, au contraire, que les gens ne déboulent pas par hasard dans notre vie. »

Victor soupçonne désormais qu'ils surgissent pour combler un vide, répondre à une attente, même ténue, même informulée, peut-être même exaucer une prière mais cela, il ne le formulera pas. À la place, il offre le fruit d'une introspection, celle qu'il a conduite, presque malgré lui, dans la nuit de sa douleur.

« Avant de te rencontrer, j'avais une vie simple », poursuit-il.

Ses mots cueillent Alexis à froid. Ils ont la sonorité de l'amertume, du remords.

Mais il veut dire : tranquille au moins en apparence, une vie sage, linéaire, modeste et décente. Alexis, de son côté, la qualifierait de prévisible, contemplative, inoffensive, propre sur elle et duplice. Et cela, Victor l'a bien saisi.

« Je sais ce que tu penses, sauf que c'était une vie qui m'allait, que j'aurais pu vivre encore longtemps. Alors que je suis en train de crever. »

Considère-t-il qu'il est en train d'expier une faute ? de payer pour un péché ? Ce serait tellement absurde.

« Qu'est-ce que tu racontes ? corrige Alexis. Tu crois vraiment que ce qui t'arrive, c'est parce que tu aurais dévié du droit chemin ? Alors que tu t'es contenté de regarder la vérité en face, pour la première fois… »

Quand il lui semble que ses interlocuteurs s'égarent, il se sent autorisé à le leur faire comprendre sans détour. Quelles que soient les circonstances.

« Non, je ne dis pas ça, je ne crois pas à ce genre de conneries. Je dis juste : à quelques heures près, je n'aurais pas eu de regrets, parce que je n'aurais pas su. »

Victor a achevé sa phrase à bout de souffle. Alexis constate qu'il a du mal à respirer, que son état se dégrade. Il devrait lui commander de se taire, afin qu'il s'économise, qu'il n'aille pas puiser dans les rares forces qui lui restent. Mais il a besoin d'en avoir le cœur net.

« Tu regrettes ? »

Il a posé la question dans un murmure. À la façon du coupable tendant un bâton pour se faire battre.

« Non… Ce que je regrette, c'est de ne pas l'avoir fait plus tôt. »

Alexis, soudain délivré, pourrait pousser un cri de victoire. Il se contente de déglutir mais le mouvement de sa pomme d'Adam est immanquable.

« J'ai compris tellement de choses cette nuit… J'ai eu l'impression d'être… moi… pour la première fois. »

Le souffle de Victor est de plus en plus court, la tirade de plus en plus saccadée.

« Faut vraiment que je sois en train d'y passer pour raconter des trucs pareils. »

Mais un sourire vient couronner le tout, son merveilleux sourire comme une bravade.

« Tu n'es pas en train d'y passer. »

Alexis s'est rapproché du visage de Victor, dans le but de conférer du crédit à son affirmation. Ou tout bêtement pour être plus près de lui, comme il l'était dans cette flottante nuit d'avril.

« Tu n'en sais rien. »

La manœuvre n'a pas produit l'effet escompté. Subsiste toutefois la proximité. L'intimité. Peut-être plus grande encore que dans l'étreinte.

« Ce que je regrette, poursuit Victor, c'est de ne pas pouvoir te connaître davantage. C'est pourri, cette phrase, non ?

— Non, c'est pas pourri. »

À cet instant précis, trois pompiers apparaissent dans l'embrasure de la porte ; les voyageurs, tout à leurs aveux, ne les ont pas entendus s'approcher. Ils portent des casques, des gants, du matériel inconnu d'eux. L'un des gars lance à Alexis : « Monsieur, si vous n'êtes pas blessé, je vais vous prier de vous écarter et on va s'occuper de votre compagnon. »

Le médecin et le blessé sont troublés à la même seconde par le terme « compagnon », que le secouriste a pourtant employé sans lui conférer un sens particulier. Il lui fallait simplement désigner le gisant et c'est le mot qui lui est venu.

Alexis, tout en reculant de quelques pas, ne quitte pas Victor du regard. Il dit : « Je reste avec toi. Je ne t'abandonne pas. Je ne t'abandonne pas. »

43.

La première caméra de télévision vient de débarquer. Il n'était pas question de laisser aux réseaux sociaux l'exclusivité de l'émotion et des images d'un désastre. Bien sûr, le reporter jurera, la main sur le cœur, que seule importe l'information, mais bon, il ne faut pas cracher sur l'audience non plus. Sauf que la police a installé un cordon pour délimiter un périmètre de sécurité et interdire l'accès au lieu de l'accident, et même des bâches, précisément pour préserver victimes et secouristes des regards indiscrets. L'envoyé spécial doit donc se contenter de filmer de loin, entre les rares interstices, ce qui donne un visuel grossier, imprécis, occultant les détails frappants alors qu'un peu de sang sur le ballast aurait produit son effet. Il ne peut pas approcher non plus, et tendre son micro aux suppliciés du rail. Il se rabat donc sur des badauds, des curieux accourus après coup. Ceux-là n'ont rien vu, n'ont été témoins de rien, ils peuvent à la limite énoncer qu'ils ont entendu « comme une déflagration », mais pour l'instant, faute de mieux, ça fera l'affaire. Une femme corpulente, bras repliés sur la poitrine, l'assure :

« Trente ans que j'habite dans le coin, je n'avais jamais vu ça. » Ce « Je n'avais jamais vu ça » vaut de l'or, songe le reporter. Il s'agit pourtant d'un lieu commun mais l'effroi est garanti. On est dans l'exceptionnel, donc dans le sensationnel.

Quand il prend la parole face caméra, le journaliste commence par nommer l'endroit. La commune que nul ne connaissait accède subitement à une renommée considérable, éphémère mais considérable, qu'elle n'aurait jamais acquise autrement. Il se fait plus précis, évoque le croisement avec la D37, comme si on avait la moindre idée de ce que représente cette D37. Il ajoute une jolie formule : « à flanc de montagne, juste après avoir enjambé la Durance ». Et, subitement, tout un paysage surgit. On visualise un cours d'eau sinueux, des flots clairs et endiablés, heurtant des rochers, on imagine des à-pics, des prairies, on a lu *Heidi* dans son enfance, ça doit ressembler, et peu importe que ça ne ressemble pas, on y est. Ensuite, le reporter fournit le nombre exact des passagers, lequel s'affiche aussitôt sur un bandeau, un chiffre qui ne dit pas des vies, des destins individuels, ne désigne pas des personnes mais raconte une ampleur. Il ajoute, désolé, qu'à ce stade, « on ignore combien il y a de victimes » et cette seule évocation suffit à faire comprendre qu'on a bien affaire à une catastrophe. Puis il s'intéresse au train percuté, qui fait partie de ce qu'on appelle les « trains d'équilibre du territoire », dénomination alambiquée pour évoquer ceux qui se rendent dans les zones les plus reculées, les moins peuplées, donc les moins rentables. On en viendrait presque à remercier la SNCF d'assumer une aussi noble mission, alors qu'elle perd forcément de l'argent avec ces trains-là. Le reporter précise alors que la ligne est assurée par l'État, manière de laisser entendre de quel côté il faudra aller chercher les responsabilités. Mais tout cela n'est qu'une mise en jambes. Voici qu'il en arrive enfin aux circonstances de l'accident, ce qui intéresse véritablement les gens. Il détaille le camion, les marchandises qu'il transportait, désormais éparpillées alentour, et explique, en prenant soin de recourir au conditionnel, que le chauffeur n'aurait pas respecté la barrière abaissée au passage à niveau. Avant d'ajouter : « Si cette barrière était effectivement baissée, ce que l'enquête devra démontrer. » Il a fait le job.

Au moment où son direct s'achève, une civière traverse la voie ferrée, portée par deux brancardiers, pour être conduite jusqu'à une ambulance. C'est Giovanni Messina qui passe au milieu des décombres. Les sinistrés, assis au bord des rails, enroulés dans des couvertures, savent qu'il s'agit de lui. Ils ont observé le travail minutieux des pompiers, les ont vus découper la cabine du poids lourd, s'employer à l'en désincarcérer. Les hommes casqués sont allés aussi vite qu'ils ont pu pour augmenter ses chances de survie. Ils lui ont posé un masque à oxygène tandis qu'ils conduisaient leur délicate opération. Finalement, ils ont réussi à l'arracher aux tôles tordues. Désormais, ils hâtent le pas en direction d'un véhicule médical prêt à partir. Le chauffeur porte un collier cervical mais ses yeux sont ouverts, il est donc conscient. Et, tandis qu'on l'évacue, il peut contempler les conséquences épouvantables de son inattention, l'effet atroce de quelques secondes de négligence, les répercussions tragiques de son inquiétude de jeune époux et de jeune père. Il imagine leur ressentiment à son endroit. Mais il n'a pas besoin de le deviner pour se sentir coupable. Une larme roule sur sa joue.

44.

Les proches des victimes, eux aussi prévenus par le tam-tam des réseaux sociaux, débarquent à leur tour aux abords de l'accident. Pour venir de Briançon, il faut une demi-heure quand la circulation est fluide, et précisément, la route était quasi déserte si tôt un samedi matin, alors ils ont foncé sur la nationale, ils n'ont pas respecté les vitesses, mais qui le leur reprochera ?

Sur place, il leur a suffi de suivre le balisage et ils ont facilement repéré les camions de pompiers, les fourgons de la police. Ils se tiennent maintenant derrière les barrières de sécurité et les bâches. Éliane, la mère de Julia, est parmi eux. Elle voudrait franchir ces enrageantes barrières, interpelle les forces de l'ordre, les implore de la laisser passer en mettant en avant son statut de proche mais aucun des gendarmes ne fléchit, tous font comme s'ils n'entendaient pas les supplications ; les consignes sont claires, pas question de les enfreindre. Alors, elle se met à hurler le prénom de sa fille en direction des wagons renversés. Elle hurle comme on crie dans un désert, avec l'espoir que sa complainte sera portée par le vent frais.

Serge, adossé à l'une des voitures dans l'attente d'être libéré par les autorités, entend le hurlement, reconnaît le prénom et opère la bonne déduction. Il s'approche des bâches et, par un interstice, repère la femme qui crie. Pour lui, pas de doute, la ressemblance avec Julia est si frappante ! Il vient au plus près et se présente, calé derrière sa barricade. D'emblée, il rassure la mère folle d'inquiétude : « Ils sont partis à l'hôpital, à Embrun. » Éliane s'étonne : « Pourquoi elle n'a pas téléphoné ? » Serge raconte : « Elle a cherché à vous appeler mais vous avez dû vous en rendre compte, ça ne capte pas ici et à force d'essayer, sa batterie s'est déchargée. Je lui ai proposé de partir avec mon portable mais elle a refusé, elle m'a dit que j'en aurais besoin pour prévenir ma femme. Et vous imaginez, à l'hôpital elle a dû être prise dans un tourbillon mais je suis sûr que tout va bien. Allez-y, allez la rejoindre. » La mère file aussitôt. Serge reste seul, avec le sentiment rare du devoir accompli.

Puis c'est un autre brancard qui traverse la voie ferrée. Quand Jean-Louis l'aperçoit, il reconnaît instantanément le visage de Catherine, dépassant à peine d'une housse plastique dont on a remonté la fermeture Éclair. Il est d'abord pétrifié, on jurerait qu'il s'est transformé en statue de sel mais le désespoir ne tarde pas à le remettre en mouvement et il s'élance vers le brancard où repose son épouse. Les secouristes n'ont pas eu le temps de le voir surgir mais à ses cris et à ses sanglots, ils ont évidemment deviné qui il était. Un pompier les rejoint pour le saisir par les épaules, l'éloigner doucement de la dépouille. Il résiste un peu et finit par céder à l'insistance bienveillante de l'homme. Secoué de larmes, il répète : « C'est ma femme. » Sa lamentation déchirante jette une ombre supplémentaire sur la scène de guerre et provoque un silence effaré parmi les passagers qui ne voudraient pour rien au monde se trouver à la place de ce veuf qui s'ignorait. Le pompier l'informe qu'elle va être emmenée et que lui-même est autorisé à les suivre mais dans un autre véhicule. Tailladé par la douleur, il écoute à peine l'explication mais comprend au moins qu'il ne sera pas séparé d'elle. Tandis qu'ils sont achcminés vers les ambulances, Manon et Enzo s'approchent de lui. Leïla et Hugo leur emboîtent le pas. Il leur murmure dans un souffle : « Elle n'était pas supposée partir avant moi… On devait avoir encore un peu de temps ensemble. » En retour, alors qu'il attend de pouvoir franchir la barrière, les quatre, sans un mot, l'étreignent tous ensemble. La ronde qu'ils forment ne lui rendra pas Catherine mais, pour quelques secondes, elle le soustrait à l'enfer dans lequel il a plongé et à celui qui l'attend.

Quant à Alexis, c'est aux côtés de la civière où Victor est étendu qu'il chemine. Bien que perclus de douleur, le jeune homme est encore conscient. Il saisit la main qui l'accompagne, soulève son masque à oxygène et lance : « Si je m'en sors, je me souviendrai de tout ce que j'ai dit. » C'est alors qu'une femme, outrepassant les interdictions, renversant les obstacles, jaillit de derrière les bâches, en clamant : « Laissez-moi passer, c'est mon fiancé ! » Avant de se jeter sur Victor. Alexis, poussé sur le côté, lâche la main qui l'étreignait. Claire vient de reprendre son bien.

45.

Désormais, les sinistrés encore présents sont autorisés à quitter les lieux.

Les comptages ont été minutieusement effectués, les identités relevées, tous ont pu être examinés ou interrogés, et des cars de ramassage scolaire ont été affrétés afin qu'ils soient conduits à leur destination, comme si cette destination avait encore une importance.

Juste avant de les laisser partir, on leur a bien précisé qu'ils avaient droit à une aide psychologique, que des spécialistes des traumatismes étaient là pour eux mais tous ont décliné. Ce qu'ils voulaient avant tout, c'était déguerpir.

Les voici donc libres, libres de retourner dans le monde réel.

Ils en sont soulagés, évidemment, et cependant ils éprouvent des sentiments mélangés. L'autre monde, celui du fracas et de la stupeur, celui des débris et de la peur, du sang et du fer, a été le leur, le leur uniquement, pendant deux heures, ils y ont connu ce que personne ne connaîtra, ce que personne ne pourra comprendre ni même entrevoir, ce qui les tiendra résolument à part. Et d'ailleurs, eux-mêmes, plus tard, sauront-ils en parler, trouver les mots justes ? Voudront-ils en parler ?

Ce qu'ils ignorent, c'est qu'ils l'emportent néanmoins avec eux, et qu'ils ne s'en débarrasseront pas de sitôt. Abandonner le territoire de son effroi ne signifie pas s'en affranchir. Certains feront des cauchemars ou seront rattrapés par de brèves crises d'angoisse pendant des années. D'autres développeront une extrême vigilance ou s'obligeront à l'amnésie. D'autres encore découvriront l'émerveillement d'avoir survécu, la joie des épargnés.

Au total, le déraillement de l'Intercités n° 5789 aura fait six morts et trente-deux blessés.

Épilogue

Serge Dufour finira par quitter son travail. Pourtant, ses patrons avaient renoncé à le licencier – cela aurait été mauvais pour la réputation de se séparer d'un salarié ayant traversé une telle épreuve. Mais un matin, il s'est dit : ça ne m'intéresse plus, je n'ai plus envie de cette existence répétitive, routinière, qui me fait vieillir trop vite. Aujourd'hui, il ne sait toujours pas ce qu'il va entreprendre, il vit de petits boulots qui lui conviennent, il y a régulièrement un coup de main à donner ici ou là, il emmène sa femme en vacances, suit les études du petit dernier, il faut parfois se serrer la ceinture mais il ne se plaint pas.

Julia Prévost passe désormais tous ses week-ends à Serre Chevalier. Ses enfants ont pris goût aux randonnées en montagne avec leur grand-père. Et elle, aux conversations interminables avec sa mère. Elle n'a pas renoncé au train de nuit, persuadée que la même catastrophe n'arrive jamais deux fois. Elle attend avec une certaine anxiété le procès pour violences conjugales qu'elle a intenté à son ex-mari et qui doit se tenir bientôt. Mais elle est déterminée. Elle sait que c'était la chose à faire.

Jean-Louis Berthier est hébergé chez son fils aîné. Il ne pouvait pas rester seul dans l'appartement de Saint-Mandé, quelqu'un doit s'occuper de lui, l'amener à ses séances de chimio. De toute façon, il ne souhaitait pas y rester. Saint-Mandé, c'était avec Catherine. Sans elle, ça n'avait plus de sens. Son fils est inquiet, il trouve que son père se laisse aller alors qu'il devrait livrer un combat acharné contre la maladie. En fait, il ne se laisse pas aller, il se laisse mourir.

Manon et sa bande poursuivent leurs études à Nanterre. Elle a tenu sa promesse : elle est partie en Italie avec Dylan, alors même qu'il était encore plâtré, il n'a pas eu le choix de toute façon, elle l'a embarqué, il a suivi ; trop heureux. D'ailleurs, depuis, ils sont plus ou moins ensemble. Hugo a renoncé aux tenues seventies du jour au lendemain mais demeure écolo : la survie de la planète est désormais son unique obsession. Leïla s'est rendue aux arguments de son père : pour les vacances, mieux vaut les bords de mer. Enzo est devenu un militant très actif de La France insoumise. Dans sa section, il a demandé qu'on rende hommage à Catherine, « une sympathisante de la cause ». Une minute de silence a été observée.

Giovanni Messina a perdu l'usage de ses jambes, mais les médecins lui assurent qu'à force de rééducation et avec les appareillages adéquats, il pourra remarcher un jour. Il s'accroche à cette perspective. À Gênes, on a bien reconstruit en un temps record un pont plus solide, surplombé de piliers lumineux, quarante-trois comme le nombre des victimes.

Alexis Belcour a repris ses consultations dans son cabinet de la rue d'Alésia et ses déjeuners au Zeyer.

Il a vendu ou donné tous les meubles et effets de sa mère qu'il est finalement allé récupérer dans la maison. Il n'avait plus de raison de revenir à Briançon. Il s'y est pourtant rendu aux premiers jours de l'été. Il y avait rendez-vous avec un jeune homme de vingt-huit ans, un jeune homme aux yeux bleus qui sourit au centre d'un médaillon accroché au-dessus d'une pierre tombale, dans un cimetière niché à flanc de colline.

Victor Mayer est décédé au cours de son transfert à l'hôpital.